KB088889

# 안녕은
# 단정하게

# 안녕은 단정하게

볼티모어
부고
에세이

매리언 위닉 지음
박성혜 옮김

구픽

사람들은 세상을 떠나는 게 아니다.
사람들은 죽고 난 뒤
그대로 머문다.

_나오미 시합 나이, 『공중의 목소리들Voices in the Air』

•

# 서문

2007년 봄은 두 번째 남편과 나의 결혼 생활이 끝을 향하고 있던 어두운 시절이었다. 그런데 마침 공교롭게도 우리 두 사람은 자메이카 사우스코스트에서 열리는 소규모 하우스 파티의 초대를 받았다. 이 파티가 열리는 주말은 매년 카리브 출신을 비롯한 세계 곳곳의 작가들이 참여하는 주요 문학 행사인 칼라배시 축제 기간이었다. 이때 나는 이 책의 원형 격인 『글렌록 사람들의 죽음에 관한 책The Glen Rock Book of the Dead』을 막 집필하기 시작한 터였다.

하우스 파티의 첫날 아침, 손님들은 다 같이 파티 주최자의 밴을 타고 축제가 열리는 리조트인 제이크스로 향했다. 그곳에서 우리는 책을 낭독하는 목소리를 귀를 기울였고, 판매되고 있는 책들을 훑어보았고, 얼린 음료수를 홀짝거렸다. 남편과 나는 음료수를 많이 마셨다. 그러다 우리 팀은 점심을 먹기 위해 다시 주최자의 집으로 향했고 이따 오후에 다시 축제에 참석하기로 했다. 그런데 갑자기 구름이 몰려들더니 폭풍우가 휘몰아치기 시작했고 쏟아지는 비를 뚫고 나가길 원하는 사람은 아무도 없었다.

우리는 그날 저녁 함께 술을 마실 또 다른 방문객을 기다렸다. 그 방문객은 자메이카의 주요 신문에 글을 쓰는 저널리스트였으며 이 집이 위치한 어촌 마을의 원주민이었다. 그는 자메이카의 역사와 정치에 관해 열정적으로 설명했다. 그리고 본인의 아버지와 여러 삼촌들과 조카들을 탐욕스런 바다에게 빼앗겼다는 이야기도 들려주었다. 하나의 이야기가 끝나면 또 다른 이야기가 계속해서 쏟아져 나왔다. 배를 탔다가 죽은 사람들, 허리케인을 만나 죽은 사람들, 절벽에서 떨어져 죽은 사람들, 심지어 타인의 장례식에서 죽은 사람들 이야기까지 나왔다.

나는 그에게 이 이야기를 글로 남길 생각이 있는지 물었다. 그는 그럴 계획이라고 답했다. 그러더니 어린 시절의 자신이 숙모 루시와 함께 해변에 서 있는 장면으로 글을 시작하면 어떻겠냐고 물었다. 바다를 바라보고 있는 숙모의 얼굴 표정이 어떤지 날 이해시키려고 애쓰면서.

그가 자리를 뜨고 우리는 저녁을 먹기 위해 식탁에 앉았다. 그 자리에 모인 사람들은 파티 주최자들과 친구들 넷, 그리고 이제는 완전히 취해 버린 남편과 나였다. 빗줄기가 지붕 위를 두드렸다. 그 집에서 일하는 현지 여성들이 카리브식 스튜 칼라루와 저크 소스를 발라 구운 고기를 가져다줬다.

그때 우리는 축제의 저녁 프로그램을 건너뛴 상황이었다. 그래서 나는 저녁 식사가 끝나면 내가 작업 중인 원고 낭독회로 시간을 보내면 어떻겠냐고 제안했다. 아주 최근에 쓴 글들이라 사람들의 반응을 들어볼 기회가 없던 차였다. 꼭 그렇게 해 보고 싶었다. 아까 그 저널리스트가 계속 함께했다면 좋았겠지만 다른 손님들도 충분히 관심을 보이는 것 같았다.

첫 번째로 낭독한 원고는 내 아버지에 관한 글이었다. 두 번째는 몇 년 전에 내가 집을 매매할 때 도와준 '부동산 중개업자', 대범했던 텍사스 출신의 한 여자에 관한 글이었다. 이 짧은 글 속에 담긴 몇 가지 사건들은 베니스에서, 그녀의 집 뒷마당에서, 그리고 암으로 죽어가던 그녀의 침실에서 벌어졌다. 거의 다 읽어갈 때쯤 테이블의 누군가가 격앙된 목소리로 불쑥 말했다. "제발요, 전 지금 휴가를 보내러 왔어요. 이렇게 우울한 이야기는 듣고 싶지 않아요." 그녀는 손으로 입을 가리며 자리에서 벌떡 일어나 본인의 방으로 가 버리고 말았다.

나는 그녀에게 가 보고 싶었지만 이 모임의 주최자는 그러면 안 된다고 생각했다. "음, 그럼 그냥 계속할까요?" 주최자는 이 역시 별로 동의하지 않았다. 이제 그녀는 우리 부부를 초대한 일이 후회스러울 지경에 다다랐고 남은 주말 동안 우리는 더 많은 후회의 이유를 제공했을 것이다. 마지막으로 저지른 실수라면 그곳 직원들을 위한 팁을 너무 적게 남긴 일이고 그건 지금도 마음에 걸린다.

나는 마지못해 노트북을 옆으로 치웠다. 남은 손님들은 내 글이 과연 얼마나 우울했는지, 죽음이라는 주제가 저녁 식사 자리에 적절했는지 토론을 이어갔다.

그때 나는 적어도 내 관점에서 본다면, 우리의 삶은 죽은 사람들로 가득하므로 건전한 삶이라면 늘 끊임없이 누군가를 추모하며 살아가게 마련이라고 말했다. 나의 나날과 나의 생각은 살아 있는 사람들만큼이나 지금은 더 이상 여기 머물지 않는 사람들에게 많은 영향을 받아 꾸려진다. 이러한 추모 행위에 우울함을 드리우는 것은 우리의 역사와 맥락과 일종의 기쁨까지도 빼앗아가는 일이다. 비록 그 기쁨이 고통을 동반하더라도 말이다. 앞서 저널리스트와의 만남이 보다 의미 있는 경험이 될 수 있었던 이유도 그가 우리에게 자신의 아버지와 삼촌들에 관한 이야기를 들려주었기 때문일 것이다.

죽음은 삶의 숨은 이유이며 죽음을 피할 방법은 없다. 죽음은 삶의 의미와 가치의 토대이다. 죽음은 궁극적으로 상황을 완전히 바꾸는 사건이다. 관점을 이동시켜 모든 걸 제자리에 갖다놓는다. 그러나 죽음은 우리가 거의 알지 못하고 거의 통제하지 못하는 우리 이야기의 일부이다.

그래서 어쨌든 간에 죽음은 흥미롭다.

한편, 저녁 식사 자리에서 죽음을 이야기하는 문제에 관해서라면 나는 슬픔을 존중하는 자리를 내주어야 한다고 생각한다. 슬픔은 사회적으로 다루기 까다로운 감정이다. 철저히 반사회적일 정도까지는 아니더라도 일대일로 이루어지는 대화에서도 수용되기가 쉽지 않다. 지금도 나는 첫 번째 결혼한 남편과 사별한 이야기나 첫 번째 아이를 사산한 이야기를 꺼낼 때면 사람들의 얼굴이 흐려지고 있음을 알아챘다. 그럼 나는 얼른 덧붙이길 그건 아주 오래전의 일이며 그땐 많이 슬펐지만 이제 괜찮다고 한다. 그건 정말이다. 그런데 나는 또 사람들이 뭔가 적절한 반응을 내놓아야 한다는 곤란함에 빠지지 않도록 애쓴다. 그 반응이란 오히려 부적절할 가능성도 크다. 내가 슬픔을 극복할 수 있도록 돕겠다는 의도는 좋았을지 몰라도 결국 실패한 시도로 남을 수 있다. 그건 신의 뜻이었다고 넌지시 전하는 식으로 말이다.

이 과정에서 나는 그 죽음을 비롯한 일들을 겪은 뒤에 괜찮지 못했던 시절의 나로 되돌아간다. 그러면서 이처럼 죽음에 관한 책을 쓰기로 결심하고 오래도록 묘지에 머물며 죽음에 대해 이야기하는 법을 찾을 수 있는 동력의 일부를 얻는다.

깊은 슬픔에 빠졌던 시절의 나는 거기서 빠져나오기 위해 일반적으로 쓰이는 온갖 방법을 시도해 보았다. 기분 전환, 보상, 중독, 몸과 마음을 위한 심리 상담과 치료와 해독 등을 다 거쳤다. 한번은 폭풍 같은 눈물을 쏟게 만드는 차카라는 이름의 여성에게 마사지를 받은 적도 있었다. 그러다 결국 나는 상실의 고통으로부터 도망치기보다는, 고통과 함께 지내고 그대로 오래 머물며 이 모든 생각과 감정이 내 안에서 또 다르게 성장할 수 있도록 놔두기로 했다.

왜 우리는 기념비를 세우고, 묘지를 꾸미고, 신전을 세우고, 에이즈 메모리얼 퀼트를 꿰매고, 프레디 그레이(2015년 아프리카계 미국인 청년 프레디 그레이가 경찰에 구금된 후 7일 만에 사망하는 사건이 발생하면서 볼티모어 폭동이 일어남-옮긴이)를 기리는 벽화 세 점을 그릴까? 찰스 거리와 롤랜드 거리에 꽃들로 장식된 채 세워져 있는 유령처럼 새하얀 자전거들은 뭘까? 이곳들은 우리의 슬픔이 놓인 자리이며 우리 자신이 밖으로 나온 자리이다. 또 당신이 누군가를 추모하는 물건을 직접 손으로 만들 때면 그 과정에서 고통의 일부가 차츰 흐려진다. 죽음의 세계에서 삶의 세계로 귀환하는 것이다.

예를 들자면 내 전남편 중 한 명은 루신다 윌리엄스의 가슴 아픈 노래 '스위트 올드 월드Sweet Old World'를 지치지도 않고 줄곧 들었다. '스위트 올드 월드'는 윌리엄스가 약물 과용으로 세상을 떠난 남자 친구에게 전하는 노래였다. 전남편에게는 이 노래가 본인이 경험한 상실의 감정으로 이어지는 길이었다. 그의 남동생이 비슷한 이유로 서른 즈음에 죽음을 맞았기 때문이다. *"네가 이 세상을 떠나느라 잃어버린 것들을 봐, 이 달콤하고 오래된 세상…."*

'스위트 올드 월드'가 지닌 아름다움 중에는 수많은 애도의 노래들이 그러하듯 사람들이 이 노래를 들으면서 본인의 슬픔을 투영한다는 점이 있다. 아버지 없이 자란 내 아들들은 십 대 시절, 젊은 나이에 세상을 뜬 사람들의 이야기가 담긴 블링크-182의 노래나 필리핀 팝에 푹 빠져 지냈다. 이런 이야기가 담긴 노래를 듣고 책을 읽으면서, 또 누군가 직접 만든 기념물을 바라보며 어느 정도 슬픔은 잦아든다. 추모라는 행위로 서로 이어지는 것이다. 이처럼 우울한 즐거움에 몰두하는 일이 우리를 더 슬프게 만들지는 않는다. 어쩌면 오히려 우리의 마음을 편안하게 해 주는지도 모른다.

뒤이어 이 책에서 추모할 소설가 루이스 노던은 「묘석Tombstone」이라는 제목의 아름다운 단편을 썼다. 남자 주인공의 아들은 14년 전에 자살했다. 그러다 어느 날 그는 남부의 민속 예술품인 묘석 사진을 우연히 보게 된다. 사진 속에 등장하는 묘석들은 콘크리트를 부어서 만든 덩어리였으며, 아랫부분에 날개와 머리가 돌출되어 있다. 날개는 하얗게 칠해져 있고 머리에는 떠난 사람의 얼굴이 단순하게 그려졌다. 남자는 죽은 아들을 위해 이 묘석을 만들어 주고 싶은 충동에 사로잡혔다. 그리고 이렇게 이야기한다. "*사랑스런 로빈의 감은 두 눈을 빛으면서 지난 14년간 느끼지 못했던 기쁨이 내 가슴에 넘실댔다. 잠든 아이의 눈을 지켜보았던 순간을, 어린 강꼬치고기 같은 미소의 흔적을 떠올리면서.*"

'어린 강꼬치고기 같은 미소'는 또 다른 추모의 문학인 시어도어 로스케의 「제인을 위한 비가, 말에서 떨어진 나의 학생Elegy for Jane, My Student Thrown by a Horse」에서 인용된 표현이다. "*웅크린 목을 기억한다, 덩굴처럼 축 늘어져 있던 / 그리고 언뜻 드러나는 표정, 비뚜름한 어린 강꼬치고기 같은 미소….*"

어린 강꼬치고기는 그 특유의 미소가 유명한 모양이다.

2007년 자메이카 여행을 다녀온 뒤 그해는 곧장 내리막길로 접어들었다. 결혼 생활은 거의 끝나갔고 9월에는 어머니가 폐암 진단을 받았다. 어머니를 찾아갈 때면 어머니와 나는 이 책에 담고 싶은 다양한 사람들에 관해 이야기를 나누곤 했다. 내가 모르고 있던 이야기가 참 많았다. 그러는 동안 어머니가 이 책 속의 등장인물이 될 가능성은 더욱 명확해져 갔다. 이런, 안 돼. 나는 어서 원고를 마감해야 어머니가 책에 등장하는 일은 없으리라고 생각했다. 마치 이 책이 무슨 어머니를 살릴 수 있는 신비로운 힘이라도 되어 줄 것처럼 말이다.

10년 뒤, 지금 이 두 번째 책의 첫 등장인물은 어머니이다. 그리고 뒤이어 2008년과 2017년 사이에 세상을 떠난 사람들과 그 외의 몇몇 죽음들이 기록되었다. 그들 중에는 내가 사랑한 사람들도 있고, 거의 아는 바가 없던 사람들도 있고, 멀찍이서 그저 흠모했던 사람들도 있다. 어쨌든 내게 그 모든 죽음은 내 세계로부터 사라지는 것이었다. 이 책에서 나는 등장인물들의 삶을 다루며 세세한 정보 하나하나 정확성을 잃지 않도록 온갖 노력을 기울였다. 하지만 앞서 출간한 책에서 그러했듯 이 책에서도 인물들의 이름은 뺐다. 그들에게는 오류를 고칠 기회도, 이 책에 등장하는 일 자체에 동의하지 않을 기회도 없기 때문이다.

나는 2009년 2월에 펜실베이니아 외곽인 글렌 록에서 볼티모어로 이사했다. 전작에서도 그랬듯 이 책의 제목은 원고 내용이 아니라 원고를 썼던 장소에서 따왔다. 그래도 여러분은 어떠한 기대감을 불러일으키지 않으면서 이 책을 『볼티모어 사람들의 죽음에 관한 책 The Baltimore Book of the Dead』(원문의 뉘앙스를 위해 원서의 직역 제목을 따랐음-편집자)이라고 칭할 수는 없을 거다.

볼티모어라는 도시와 죽음의 관계는 논쟁적이고 부자연스러운 방식으로 밀접하다. 시인들이 바디모어(Bodymore, 더 많은 시체라는 의미로 볼티모어의 변형-옮긴이), 머더랜드(Murderland, 살인이 일어나는 곳이라는 의미로 볼티모어가 속한 주 메릴랜드의 변형-옮긴이)라고 부르듯, 이 도시에 사는 사람들은 살인 사건에 희생된 자기 친척을 언급하면서 '146번'이라고 칭하곤 한다. 작년에 살해된 사람 중에서 146번째라는 뜻이다. 「볼티모어 선」에 따르면 작년에 살해된 사람의 수는 343명에 다다랐다. 이러한 공식적인 집계가 널리 공표되기 전이었던 과거에 나는 볼티모어 대학교의 순수예술 석사 과정에서 한 학생을 가르쳤는데 그는 이 도시에서 자란 흑인 청년이었다. 그는 고등학교 때까지 친구들과 가족들의 사망 기사로 신발 상자 하나를 가득 채운 적이 있었다. 그의 형에 관한 이야기는 뒤이어 소개될 것이다.

프레디 그레이가 사망하고 난 뒤에 폭동이 일어났

던 해보다 훨씬 전이었을 때도 나를 만나러 왔던 사람들은 볼티모어가 살기 위험하고 무서운 동네 아니냐고 묻곤 했다. 또 자기가 안전히 지낼 수 있을지 궁금해했다. 음, 물론 그들은 드라마 〈더 와이어The Wire〉를 본 적 있었다. 한 도시를 그처럼 유명하게 만든 TV 프로그램이 또 있었을까?

나는 손님들에게 여러분이 방문한 볼티모어는 상대적으로 특권과 안전이 보장된 좁은 번화가이며, 좋은 집들이 줄지어 있는 주거지라고 설명한다. 특권적 위치의 주민들은 두 곳을 오가며 학교에 아이들을 내려주고, 존스 홉킨스 대학이나 메릴랜드 예술 대학에 있는 사무실로 향하고, 제분소를 개조한 건물에서 수제 맥주를 마시고, 하이브리드 차를 몰고 이너 하버로 가서 비저너리 아트 뮤지엄의 전시 오프닝에 참석한다.

볼티모어의 중추신경을 이루는 젠트리피케이션 구역과 그 좌우의 구역은 서로 다른 도시이다. 볼티모어의 옆구리에 그루터기만 남은 동네에는 다 허물어져 가는 저소득층용 주택 단지, 판자를 덧댄 집들이 줄줄이 이어진 주거지, 사람들로 붐비는 버스 정류장, 거리 모퉁이의 세차장, 교회, 미용실, 주류 상점, 치킨 집이 있다. 그 동네에는 화려한 이너 하버로부터 3킬로미터쯤 떨어진 곳에 살면서 한 번도 거길 가 본 적 없는 사람들이 있으며, 우리 역시 그들의 동네에 방문하려 하지 않는다. 길 안내하던 GPS가 망가지지 않는 이상 말이다. 이건 우리 모두의 손실이다.

2015년 5월, 혼란한 사태가 벌어지는 동안 각지의 친구들은 내가 정말 괜찮은지 확인했다. 나는 이렇게 답했다. "나도 그거 TV로 보고 있어. 너희처럼 똑같이." 우리 지역 학교들이 휴교하던 날, 몇몇 엄마들은 동네 아이들과 함께하는 소규모 평화의 행진 모임을 조직했다. 대로로 나선 그들은 문구를 적은 갈색 종이를 들거나 냄비를 두드리고 구호를 외치며 줄지어 걸어갔다. 그 이후로도 대중의 삶은 더욱 위험해졌고 고립되어 갈 뿐이었으며 볼티모어는 여전히 하나가 아닌 두 개의 도시로 나뉘어 있다. 세상에서 무슨 일이 벌어지든 상관없다. 죽음을 기억하는 책들은 우리가 기억해야 할 사람들의 수만큼 언제까지나 존재할 것이다.

2018년 3월, 메릴랜드 볼티모어에서

매리언 위닉

•

## 알파
2008년 사망

1930년대 후반에 캠프 나위타에 참가했던 사람이라면 누구든 그녀가 다이아몬드 구장의 여왕이었음을 증언할 것이다. 테니스 코트, 하키 경기장, 편자 던지기 경기장, 호수 그 어디서든 마찬가지였다. 애석하게도 그녀가 타이틀 나인(Title IX, 1972년 미국에서 제정된 교육계 성차별 금지 법안-옮긴이)보다 40년 더 앞서 나간 셈이다. 그 시절은 여성 경영학 전공자들이 인기 있던 때도 아니었고 당시 일하던 여성들 전반이 마찬가지인 상황이었다. 결혼반지를 꼈든 안 꼈든 젊은 여성을 혼자 출장 보낸다는 게 적절치 못한 일처럼 여겨지던 때였다. 그거면 충분했다. 그녀는 임신했고, 쇼어로 이사했으며, 골프와 진을 배웠다. 그녀가 처음으로 클럽 챔피언십에서 우승을 거둔 해가 1966년이었으니까, 내가 시를 쓰기 시작한 시기와 딱 맞는다. 내가 부엌으로 달려 들어가면 그곳에서는 그녀가 마티니를 들고 찬양하듯 마시고 있었다. "그녀는 담배 열여섯 대를 피우며 나쁜 거짓말을 했지 / 공을 쳐서 그린 위에 올리기 전에." 지금의 나는 10년째 그 자리를 제대로 쳐다보지 못한다. 모든 게 달라졌다는 식으로 말하는 사람들을, 난 이해한다.

모든 어머니는 신화적인 존재이다. 어머니의 몸은 존재와 의식의 근원이며, 어머니의 집은 호화로운 제우스의 요람이며, 어머니의 실수는 모든 것의 원인이다. 내 어머니의 신성한 장미 덤불과 신성한 블랙잭 전략. 어머니가 요리한 런던 브로일 스테이크는 또 얼마나 신성한지. 드와이트 가 7번지의 신이었던 어머니는 매일 잠자리에서 일어나면 트로피카나 오렌지주스를 들이켜고 「뉴욕 타임스」 십자말풀이를 해치우셨다. 어머니는 본인의 힘들었던 어린 시절, 혈기왕성했던 남편의 두 번의 심장 발작과 비호지킨 림프종과 게실증 수술, 딸들의 수많은 형편없는 결정과 마땅찮은 옷차

림까지 모두 견뎌냈다.

어머니는 폐에 생긴 혈전이 본인을 무너뜨릴 수도 있다는 사실을, 65년간 피운 담배가 실제로 폐암을 일으킬 수 있다는 사실을, 또한 폐암이 명백히 치명적인 질병이라는 사실을 믿지 않는 분이었다. 침대에 몸져눕기 전에 어머니가 마지막으로 한 일은 골프 토너먼트 우승이었다. 서브프라임 위기, 금융 시장의 붕괴, 허리케인 샌디, 도널드 트럼프까지, 어머니가 멀리 떠날 때까지 숨죽여 때를 기다렸다.

그리고 이제 어머니는 떠났다. 페르세포네는 지옥에서 올라왔고 데메테르는 그곳에 없다. 집 앞 진입로에 낯선 차들이 서 있고, 장미 덤불은 앙상하다. 그 자리에 선 당신은 자기가 쓴 시를 손에 쥔 채, 상황을 이해하지 못하고 서 있다. 그리고 당신이 어딘가로 가서, 그곳을 집이라고 부르리. 봄이라고 부르리.

•

## 완벽한 커플
## 1991년, 2001년 사망

1956년의 어느 비치 클럽, 한 무리가 라운지 의자 위에 화려한 크레용들처럼 줄지어 누워 있다. 그렇게 다리 달린 크레용 중 하나인 그녀는 이제 막 지겨운 신입생 첫 해를 보내고 돌아온 어린 여자애이다. 둘이 만난 적 있어? 누군가 묻자 일광욕하던 그녀가 고개를 든다. "그야 뭘." 그리고 그 어느 때보다도 달콤한 미소를 띤다. 휙, 그렇게 대학 생활이 지나간다.

1965년, 그녀는 나의 일곱 번째 생일 파티에서 가장 예뻤던 엄마이다. 찰랑이는 긴 머리에 에나멜가죽 벨트를 맨 차림으로, 귀여운 셋째 아이가 탄 유모차를 끌고 있었다. 사실 그녀는 아이를 더 낳고 싶었다. 하지만 의사가 만류했다. 유산을 여러 차례 겪었을 뿐 아니라 셋째도 두 달 일찍 태어난 데다 하마터면 그마저 힘들 뻔했다. 그런 뒤로는 의사도 알지 못한 문제가 있었다.

이후 수십 년간 결혼 생활을 이어가면서 과연 그녀는 남편에 관한 진실을 일찌감치 눈치채고 있었을지 잘 모르겠다. 어쨌든 그녀는 스스로 감당할 수 있는 한까지 완벽히 아무렇지 않은 척했다. 두 사람은 이 동네에서 가장 보기 좋은 부부였으며 굉장히 즐겁게 지냈다. 게다가 그녀에겐 사랑스런 세 아이들이 있었으니, 얼마만큼이나 외로울 수 있었을까? 아이들이 자라 다들 십 대의 나이가 되면서 마침내 그녀는 무너졌다. 하누카 사흘째 밤, 메노라(유대교 전통 의식에서 쓰이는 일곱 갈래의 촛대-옮긴이) 주위에 서 있던 식구들 모두 눈이 휘둥그레지고 남편은 문으로 향했다. "가, 어서 가." 그녀는 거리에 대고 소리를 질렀다. "가 버려."

두 사람에게는 구혼자가 끊이지 않았고, 온갖 참견하기 좋아하는 사람들도, 편견으로 가득 찬 사람들도 마찬가지로 끊이지 않았다. 남자는 시내의 한 아파트로 이사했을 때 비로소 안정을 느꼈다. 어찌 보면 밖으로 나올 최선의 타이밍을 고른 셈이었다. 1970~80년대의 맨해튼, 라임라이트, 보이 바, 스튜디오 54. 그런데 동시에 최악이기도 했다. 1980년대가 지날 즈음에는 발에 낫지 않는 상처가 생긴 것이다. 그 이야기를 들은 여자는 곧장 찾아와 끝까지 함께했다. 양쪽 남자 친구들의 불평을 받아 가며 말이다.

그 이후, 카메라와 거울 앞에 서는 게 점점 더 힘들어지기만 했다. 한때는 동맹이었지만 이제는 괴롭고 피해 다녀야 할 존재가 되었다. 그다지 신경 쓰고 싶지 않지만 어떻게 그만두면 좋을까? 그녀가 사진 찍는 자리에서 빠져나오려 한다거나 가장 가까이 있는 손주에게 얼굴을 파묻고 가릴 때면 자식들은 잔소리를 하곤 했다. 엄마, 바보처럼 굴지 마세요, 좋아 보인다니까요. 그녀는 그들 모두를 진심으로 좋아했지만, 미스터 폐암이 문을 두드렸을 때도 이미 준비는 되어 있었다. 저 잠시만 여유를 주실래요. 곧 내려갈게요.

•

## 네 번째
## 2014년 사망

펠트 천으로 덮인 카드 테이블, 매끈한 새 트럼프 카드 두 벌, 길고 좁다란 모양에 정체 모를 사분면으로 나뉜 득점판. 그 대각선 방향으로 보이는 접이식 탁자들 위에는 재떨이와 유리잔, 아몬드 한 접시, 반들반들한 초콜릿 볼들을 담은 크리스털 그릇이 놓여 있다. 35번 도로의 한 과자점에서 사온 이 간식들은 오직 브리지 게임을 위해 준비되었단 이유로 브리지 믹스라 불린다. '노스'와 '사우스'는 아이들을 침대에 눕힌다. '이스트'와 '웨스트'가 현관 벨을 누른다. 음료가 채워진다. 부엌으로 가는 문이 닫힌다. 게임이 시작된다(브리지 게임 플레이어 호칭 노스, 사우스, 이스트, 웨스트. 소제목의 원문은 The Fourth로 게임의 네 번째 플레이어인 웨스트, 즉 부모님 친구 부부 중 남편을 의미하는 것으로 보임-옮긴이).

'이스트'와 '웨스트'는 내 부모님과 절친했던 친구 부부였다. 부모님에 비하면 덜 호전적인 분들이었지만 그게 꼭 게임에서 이기지 못했다는 의미는 아니었다. 두 번의 다이아몬드. 세 번의 하트. 세 번의 노 트럼프. 패스. 패스. 패스. 20년간 이어진 두 부부의 경쟁 관계는 아버지의 때 이른 죽음 뒤에야 비로소 끝났다. 서로 비긴 승부였을 게 틀림없다. 친구 부부의 집에서 게임을 하는 날이면 나도 따라가곤 했다. 그 집에는 흰색과 갈색이 섞인 강아지 클라멘타인이 있었고 나와 동갑인 귀여운 아들이 있었다. 우리 둘은 열한 살이 되었을 때 제법 진지한 연애를 한 적도 있었다.

'웨스트'는 키가 컸고 곱슬머리였으며 눈빛이 부드러웠다. 완벽한 콧날에는 사각 금테 안경이 얹혀 있었다. JCC(유대인 커뮤니티 센터) 의장이었던 그가 애즈버리에서 벌인 사업은 두 가지였다. 하나는 카펫 가게, 다른 하나는 해변 산책로의 유 페달 보트 가게였다. 나는 십 대 시절 어느 여름 동안에 그의 보트 가게에서 일했다. 그런데 그때 나를 포함한 직원들이 맥주를 사려고 가게의 돈을 몰래 빼낸 적이 있었고, 그 이야기를 나의 첫 번째 책에 썼다가 그만 말썽이 났었다. 처음 글을 쓰기 시작한 시절의 나는 이렇게 바보 같은 짓을 참 많이 했다. 나의 첫 책 자체가, 나이 든 유대인의 표현을 따르자면 '이교도 앞에서 저지른 부끄러운 일 shonda for the goyim'이었다.

'이스트'로서는 안타까운 일이었다. '웨스트'가 말년에 오랫동안 정신적 혼란을 겪으면서 카드 게임도 운전도 하지 못했고 전화 통화조차 힘들어진 것이다. 그러나 '이스트'는 굳건히 그의 곁을 지켰다. 나는 그를 마지막으로 만났던 날에 내가 누군지 설명해야 했다. 하이와 제인의 딸이라고. 기억하시냐고. 보트에서 돈 훔쳐 갔던 애잖아요, 저.

•

## 목숨이 아홉 개 있는 고양이
2016년 사망

질병도 그를 죽이지 못했고(소아마비, 백혈병, 폰빌레브란트병), 역사도 그를 넘어뜨리지 못했으며(제2차 세계 대전, 한국 전쟁, 1987년 주가 대폭락), 결혼은 치명적인 일이 못 되었고, 탈출 사건은 제임스 본드와 다를 바 없었다. 통근용 수상 비행기와 경찰 헬기가 브루클린 상공에서 충돌한 사고에서 살아남은 사람은 그와 그가 구출한 여자 단 둘뿐이었다. 비행기가 물속으로 처박힌 직후 그는 비상문을 밀어서 열고 그녀를 밖으로 끄집어냈다. 그러고는 빠르게 가라앉고 있는 비행기 안으로 도로 들어가려고 애썼다. 아직 나오지 못한 승객 한 명이 그의 친구였다. 두 사람은 같은 주식 중개업 동료였으며 아이의 나이가 같았다. 그러나 물살에 휩쓸린 그는 문을 잡고 있던 손을 놓치고 만다. 이 순간은 그 후로도 몇 년간 그의 악몽 속에 등장했다. "본인도 등이 부러지고 머리가 찢어진 상태였는데 어떻게 의식 없는 여성까지 데리고 해변에 다다를 수 있었나요?" 훗날 기자가 물었다. "우리가 운이 좋았죠." 그가 답했다. "운이 좋았을 뿐이에요."

이 겸손한 영웅은 내 어머니가 가장 좋아한 조카였다. 구식 신사였던 그는 훌륭한 농담과 훌륭한 시가를 사랑했다. 증권 거래소에서 근 40년간 자기 자리를 지켰다. 매일 아침 자기 어머니에게 전화했다. 아들들을 자기 삶의 중심으로 삼았으며 아들들은 존경으로 보답했다. 그는 집에서 목소리를 높이는 일이 결코 없었는데, 첫째 아들이 난생처음으로 아버지가 분노에 찬 욕설을 뱉는 모습을 본 건 열일곱 살 때였다. 아버지의 일터인 증권 거래소로 따라나섰던 날이었다. 그의 아홉 번째 목숨은 7년간 이어졌으며, 상실과 망각으로 된 기나긴 헤어짐이었다. 이 시절 그의 아내를 내 아버지는 '사랑스런 사람Sweetums'이라고 표현하곤 했다. 그녀가 어떻게 생겼다든지 어떤 사람이라서 그렇다기보다는, 남편처럼 그녀도 누군가의 영웅이 되어 주었기 때문이다. 그는 자신이 짐이 되는 게 정말 싫었을 사람이다. 하지만 당연하게도 그때의 그는 이 상황을 제대로 인식하지 못했다. 알츠하이머가 주는 유일한 위안이라면, 사실 아주 작은 위안이긴 하나 어쨌든 많이 아프지 않다는 점이며 또한 이 악몽은 일단 제대로 진행되었다면 당신은 이미 오래전에 떠나 있으리라는 점이다.

•

## 엄지손가락을 떼어내는 남자
2009년 사망

아버지는 1960~1970년대에 갖가지 사업을 벌였다. 모텔, 디스코텍을 비롯해 '전국 스포츠 주식회사National Sports Corporation'라는 호기로운 이름을 갖다 붙인 소규모 테니스 시설 체인도 운영했다. 전국 스포츠 주식회사는 아버지와 아버지의 삼촌인 작은할아버지가 공동으로 소유했다. 작은할아버지는 자기 형인 내 친할아버지와 나이 차이가 많이 났다. 그래서 조카인 내 아버지와 마치 형제처럼 지내며 자랐다.

언니와 나는 어렸을 때부터 전국 스포츠 주식회사에 고용되어 일했다. 둘 중 하나는 영수증에 적힌 숫자를 줄줄 부르고 다른 하나는 심하게 삐거덕거리던 계산기로 그 숫자들을 더했다. 가끔 일이 끝나고 나면 아버지를 따라 집 근처의 실내 테니스장에 갔다. 물결 모양의 금속 벽으로 둘러싸인 코트 세 곳에는 제2의 벽인 두꺼운 초록색 비닐이 걸려 있었다. 그리고 그 드넓은 공간 가장자리로 어두운 통로가 만들어져 있었으며 거긴 길 잃은 테니스공들로 가득 차 있었다. 그곳이 낙원까지는 아니었지만 아무튼 사우나도 있었다.

부모님의 친구들 중 한 명은 나를 강아지로 변신시킬 수 있다고 했고, 또 다른 사람은 계단과 동전으로 게임을 했다. 그리고 작은할아버지는 자기 엄지손가락을 떼어내는 마술을 보여 줬다. 작은할아버지는 뉴욕주의 라이에서 한 여자와 결혼해 살았다. 그런데 아버지는 그녀를 '피아노 다리Piano Legs'라고 불렀다. 그게 칭찬이었는지 모욕이었는지 잘 모르겠다. '피아노 다리'는 1970년대에 세상을 떠났고 그 뒤로 작은할아버지는 그녀의 친구와 재혼했다. 재혼 상대는 이스라엘을 돕고 소련의 반체제 인사였던 다비드 벤구리온, 골다 메이어, 모셰 다얀 등을 위해 일했던 대단한 인물이었다. 이 커플은 오랫동안 관계를 이어가며 여름과 겨울이면 테니스 캠프에서 살다시피 했고 이스터 섬과 알래스카 여행, 히말라야 등반, 아마존 탐험 등을 함께하며 세계를 돌아다녔다.

작은할아버지는 일흔셋 되던 해부터 알츠하이머 증상을 보이기 시작했다. 아내는 이후로 10년간 겪은 일을 일기장에 기록했다. 그리고 이를 책 한 권으로 묶어 직접 출판했다. 바로 어제 내게도 아마존 배송으로 책이 도착했다. 나는 이 책에서 작은할아버지가 브라질과 모스크바에서 꼬마 아이들을 모아놓고 엄지손가락 마술을 보여 주고 있는 사진들을 발견했다. 이런 여자와 결혼하다니 작은할아버지로선 얼마나 행운인지. 작은할아버지의 부고는 최근에야 「팜 비치 포스트」에 실렸다. 그녀는 책의 마지막 장에 이렇게 썼다.

"우리는 삶을 함께하며 고통을 서로 나눴다. 더불어 기쁨도 서로 나눴다. 지금 내가 처한 상황에서 얻을 수 있는 가장 큰 보상이라면, 내가 사랑하는 사람에게 실망을 안기는 존재는 아니었구나 싶은 깨달음이 아닐까 한다."

•

동창생

2010년 사망

그 친구가 평생 고향에서 살았기 때문일까, 레거시닷컴(Legacy.com, 미국의 온라인 추모 사이트)에 올라온 그녀의 방명록에는 아는 이름들이 줄줄 올라와 있었다. 옛 동창생들은 같이 차를 타고 학교로 갔던 일, 푸드타운에서 나란히 함께 일했던 일 같은 지나간 추억을 기록했다. 같은 유치원에 다녔던 한 남자애는 둘이 동네 대학교 강의실에서 다시 만나고는 서로를 바라보며 얼마나 웃어댔는지 이야기했다. 많은 친구들이 그녀의 웃음을 기록하고 있다. 마르고 가냘픈 여자애한테서 예상하기 힘들 법한, 목 쉰 듯이 킬킬거리는 웃음소리.

어린 시절 친구의 얼굴은 길쭉하고 굴곡이 심하지

않은 동유럽 계열이었다. 눈동자 색은 옅고 머리는 긴 금발이었다. 성은 자음들로 연결되어 있어서 슬라브어 느낌이 많이 났다. 안색 때문인지 기질 때문인지, 아니면 둘 다인지 몰라도 친구는 늘 복숭아라고 불렸으며 학교에서도 마찬가지였다. 친구의 오빠들은 동네에서 농구 실력이 아주 뛰어나기로 유명했는데, 그래서인지 친구도 대학에 들어간 첫해에 직접 여자 대표팀을 결성했다. 친구의 아버지가 세상을 떠나고 어머니는 혼자서 일곱 아이들을 키우며 풀타임으로 일했다. 친구는 장녀인 동시에 동생들의 두 번째 엄마였다. 어린 시절을 이렇게 보낸 여자들이 훗날 가정을 꾸리지 않는 건 어찌 보면 이해할 수 있다. 그들은 이미 다 겪고 난 일일 테니까.

친구는 평생 백화점 디스플레이어로 일했고 자기 일을 사랑했다. 키 크고 스타일이 멋진 여자였던 친구는 머리를 짧게 자르기도 하고 즐기며 살았다. 자기 진심을 숨기지 않았고 늘 예의 그 미소를 지었다. 나이 쉰둘에 불과했던 그해 어느 금요일 밤, 일찍 퇴근하고 집으로 돌아왔던 친구는 일요일에 사망한 채 발견되었다. 정말이지 풀리지 않는 의문이다. 타이레놀로 인한 간 부전이었다고 들었다. 이 상황을 지켜본 수백의 사람들이 있었고 그중에는 옛 동창들도 많았다. 그들 모두 충격을 받았고 슬퍼했다. 우리는 아직 우리가 젊다고만 여겼는데.

•

## 두 사촌
## 2008년, 2012년 사망

사촌과 나는 유아용 안전 울타리 안에서 같이 논다. 둘 다 두툼한 흰 기저귀를 찬 모습이다. 고무줄 달린 기저귀 커버를 덧입어서 통통한 허벅지 둘레에 불긋한 자국이 남았다. 둘은 나일론 메시 벽을 붙잡고 일어나 울타리 가장자리를 막 뛰어다니는 게임을 한다. 사촌은 벌써부터 신사 같다. 나더러 먼저 가라고 한다. 또다시 임신한 우리의 엄마들은 펄렁거리는 임부복을 입고 주방 조리대에 서 있다. 재떨이에서 담배 한 대가 타고 있다. 엄마들은 크림치즈와 로크포르 치즈, 우스터소스를 섞어서 셀러리에 채워 넣는다. 두 엄마들의 엄마가 알려 준 요리법이다. 엄마가 집을 나가 젊은 나이에 심장 마비로 사망하기 전이었던 시절에.

10년 뒤, 드와이트 가의 인테리어 안 된 2층 방에서 나와 여동생은 사촌이 자기 페니스를 보여 주게끔 한다. 얼마 전에는 어느 이웃 남자애한테도 똑같은 짓을 했다. 무슨 목록이라도 작성하는 중이었나 보다. 사촌은 줄곧 당당하다. 비록 얼굴은 붉어졌지만 우리가 꼭 봐야 한다니 보여 줄 것이긴 했지만. 사촌의 여동생은 그런 우리를 경외감 섞인 눈으로 바라본다. 반쯤은 형편없는 일을 벌인 우리에게 감탄하며, 또 반쯤은 복종하는 오빠의 모습에 골이 난 채로.

사촌은 모든 면에서 올바른 사람이었다. 아버지의 페인트 가게에서 일했고, 매일 아침 윗몸일으키기와 팔굽혀펴기를 했으며, 주말이면 부모님 댁에 베이글을 가져갔다. 그러나 사촌 여동생은 오빠의 본을 따르지 않았다. 그녀가 딱히 나쁜 의도를 가졌던 것도 아니었고 영혼을 다쳤던 것도 아니었으리라 생각한다. 다만 애초에 유리 파이프(마약 복용에 사용되는 도구-옮긴이)에 손을 대는 잘못된 선택을 했고 그로 인한 후유증은 그녀도 결코 피하지 못했다.

심장 질환은 우리 가족의 고질적인 문제였다. 사촌은 인생의 전성기와 다름없는 나이 쉰 살이 되어 축하 파티를 즐겼고 그로부터 몇 주 뒤인 어느 날 아침, 욕실에 들어갔다가 다시 나오지 못했다. 사촌 여동생은 자신이 저지른 실수의 대가를 4년은 더 치러야 했다. 가졌던 재산은 사라졌고 혈당은 치솟았고 발가락들은 절단되었다. 키우던 강아지가 사라진 밤, 그 일로 그녀는 거의 죽음까지 다다랐고 결국 이런저런 온갖 일들이 그녀를 실제 죽음으로 몰아넣었다.

우리는 자신이 내린 선택이 중요하다는 듯 여기며 살아가야 하므로 나의 두 사촌 이야기에 굳이 연연해서는 안 되리라. 별다른 수가 없다면 그것도 그런대로 의미가 있을 테니.

•

그들의 엄마
2017년 사망

오늘 차를 몰고 델라웨어에 가서 이모가 자식들의 두 묘비 사이에 묻히는 모습을 지켜보았다. 유대교식 장례였으므로 조문객들은 차례로 직접 삽을 들어 관 위에 흙을 뿌렸다. 이모부는 마치 커다란 인형쯤 되는 크기로 쪼그라든 것만 같은 모습이었다.

어릴 때 우리 가족은 매년 추수감사절이면 델라웨어로 갔다. 차로 왕복 여섯 시간이 걸렸으니 아버지에겐 완전히 끔찍한 일이었지만 어쨌든 그건 아버지가 택한 길이었다. 그날의 최고는 단연 이모의 요리였다. 레몬과 마늘로 향긋하게 만든 빵가루를 꽉 채운 아티초크 요리였다. 오랫동안 나는 속 채운 아티초크 요리가 크랜베리 소스나 마시멜로를 곁들인 고구마처럼 추수감사절에나 먹는 특별한 요리인 줄 알았다. 또 이모는 우리에게 미니어처 닥스훈트가 주는 기쁨을 처음 알려 준 분이다. 닥스훈트는 지금까지도 우리 가족이 기르는 개의 공식 품종이다.

이모가 여덟 살이고 이모의 언니인 나의 어머니가 열여섯 살이던 해, 자매의 어머니는 남편 아닌 다른 남자와 함께 떠나 버렸고 자매는 난폭한 독재자였던 아버지의 돌봄 아래 남겨졌다. 인생이 뒤바뀔 만큼 과도한 책임은 언니였던 내 어머니에게 떠넘겨졌지만, 이러한 변화를 겪으며 엄청난 정신적 트라우마를 갖게 된 사람은 이모였다. 이모는 한동안 히스테리성 마비로 고생했다. (난 어릴 때 워낙 자주 들었던 이야기라 확신을 갖고 말하지만 어쨌든 이와 다른 맥락에서 이모의 상태가 거론되는 경우는 들어본 적 없다.) 그때부터 이모는 세상이 자신에게 불리하게 돌아간다는 걸 절실히 깨달았다. 왜 신은 한 엄마가 자기 아이들을 단념하게끔 했을까? 그럼에도 불구하고 이모는 이날들을 견뎌냈으며 이모부와 사랑에 빠지면서 그녀만의 기쁨을 찾을 수 있었다. 쇼핑하고 점심을 먹고. 설사 당신이 그럴 기분이 아니라고 해도, 미소를 짓는 것이 당신을 정말 행복하다고 느끼게 만든다는 가설을 증명해 온 연구자들이 있다. 이모라면 그들에게 그 가설이 맞다고 말해 줄 수 있었을 텐데. 이모는 정확히 얼마나 그러한지 말할 수 있었을 것이다.

훗날 나는 늘 이모가 직소 퍼즐을 식탁 위에 펼쳐놓은 모습을 봐야만 했다. 그건 끔찍했던 독재자, 이모의 아버지가 남긴 유산이었다. 아버지는 딸들이 퍼즐을 맞추는 과정에 엄격한 규칙을 적용하도록 했다. 일단 가장자리에 들어갈 퍼즐 조각을 찾아서 맞춘다. 그리고 남은 퍼즐 조각들을 색깔별로 분류한다. 어느 자리에 들어갈지 확신이 선 퍼즐 조각만을 집어야만 한다. 어느 자리든 제 조각이 있다. 만약 못 찾으면 테이블 아래를 살펴보자. 퍼즐에서 요행이란 없다. 차근차근 해나가라. 그러다 보면 너희는 인생에 몇 없는, 예측 가능한 만족감을 얻을 것이며 마지막 조각을 맞추는 순간의 기쁨을 누리게 될 것이다.

•

사회사업가

2018년 사망

어머니의 친한 친구들 중에서 골프에 진지하지 않은 사람은 드물었다. 또 대가족을 이룬 사람도, 전문직업을 가진 사람도, 이혼한 사람도 드물었다. 적어도 내 어린 시절에는 그랬다. 그런데 어머니의 절친했던 한 친구는 참 활기찬 사람이었다. 머리칼은 흑갈색이고 몸이 늘씬했던 그녀는 아이가 다섯이었고, 남편과 헤어졌고, 사회사업 관련 석사 학위를 땄고, 정규직 일자리를 얻었다. 이 친구가 내 어머니처럼 똑똑한 사람이 평생 골프 게임에나 몰두하다니 참 이상하다고 여겼다면, 어머니는 실제로 그렇게나 많은 아이들을 낳을 생각을 하다니 당최 믿기지 않는다고 여겼다. 친구가 마지막으로 얻은 두 아이는 심지어 쌍둥이였다. 쌍둥이라니! 내 어머니 제인 위닉 씨로서는 의붓자식이 생기는 일 못잖게 아연실색할 만한 상황이었다.

어머니의 그 친구는 늘 나를 각별히 여긴다는 느낌을 주었다. 내가 타지에서 대학을 다니다가 집에 들를 때면 꼭 나를 보러 오셨다. 내 어머니도 그 집 아이들에게 똑같이 했다. 두 집 아이들이 다 자란 뒤에는 장기 방영 중인 TV 연속극 따라잡듯 서로의 소식에 늘 귀를 기울였다. 그 집의 첫째 남자애는 다트머스 대학교에 들어갔다고 어머니에게 전해 들었다. 둘째 남자애는 고교 친구 몇 명과 함께 서부로 이사했다. 치어리더였던 셋째는 금융계로 갔고 댄서였던 쌍둥이 하나는 시내에서 공연을 한다고 했다. 다른 쌍둥이 아이는 유대교에 심취해 이스라엘로 갔다. 아, 역시 그 어머니의 그 아이들답다!

이 연속극을 세세히 들여다보면 흥미로운 구석이 참 많지만 그중에서도 여전히 풀리지 않는 미스터리로 남은 플롯이 하나 있다. 그쪽 집안의 큰딸이 어느 날 자기 집 앞에서 "은빛 자동차를 탄 은발의 남자"를 보았는데, 알고 보니 그는 우리 아버지였고 그날은 화요일 오후였다. 왜였을까? 왜 그쪽 집의 큰딸이 화요일 오후에 자기 집 앞에서 "은빛 자동차를 탄 은발의 남자", 즉 내 아버지를 보았을까? 그쪽 어머니는 좋아했고 내 어머니는 영 우스꽝스럽다고 여겼던 그의 디스코텍에서는 대체 무슨 일이 일어난 걸까? 그냥 다 소문일 뿐일까, 아니면 사람들이 상상하듯 드라마 〈밥과 캐롤과 테드와 앨리스〉 같은 1970년대를 보낸 걸까? 어쨌든 두 부부는 평생 친구로 지냈다는 사실만이 우리가 아는 전부이다.

말년에는 캘리포니아로 이사해 큰딸과 손주들과 가까운 곳에서 지냈다. 어느 순간부터 그분은 자기가 이미 은퇴했다는 사실을 잊어버렸고, 본인이 치료받기 위해 방문한 기관에서도 환자를 진료하러 온 줄로 알았다. 이런 일이 예정되어 있으리라곤 미처 예상 못했는데. 그분은 갑자기 울음을 터뜨리곤 했다. 딸은 환자가 일정을 바꿨다고 설명하며 어머니를 진정시켰다.

"아, 잘됐다." 그분은 말했다. "여유가 좀 있겠구나."

•

## 좋은 사람
## 2011년 사망

내 오랜 친구는 아버지가 돌아가신 후 그가 남긴 업적을 서술해야 할 순간이 오자 부고에 이렇게 썼다. "그는 뉴저지에서 평생 살아가며 가족을 부양했고 동네 해변에서 느긋이 쉬었다." 정말 그랬다. 짙은 눈동자의 미남이었던 그는 이제껏 내가 알았던 그 누구보다도 배려심이 깊고 너그러운 분이었다. "목이 마르겠구나. 물 한 잔 가져다줄게. 와인은 어때? 별로야? 간식 먹을래?" 나는 부모님이 돌아가시고 드와이트 가의 집이 팔리고 난 뒤에 동네를 찾았다가 그들에게 열렬히 환영받았다. 뒤이어 우리는 함께 애즈버리 해변으로 향했다. 이때 그가 나서서 아이들과 수영하겠다며 데려갔고 덕분에 게으른 두 엄마는 빈둥거리며 독서를 즐길 수 있었다.

평생 그는 영국 수입 차 브리티시 레이랜드의 판매 사원으로 일했다. 내 친구는 자동차 때문에 치러야 할 환경 비용이 얼마나 되냐며 집요히 따지곤 했지만, 자신의 첫 차로 1972년산 연푸른색 MGB 미드젯을 받고는 떠들던 입을 꾹 다물었다. 그리고 친구와 내가 열여덟 살이던 해 여름, 우수 판매 사원 대회에서 빨간색 트라이엄프 컨버터블을 따낸 그는 우리가 영국 현지 공장에서 그 차를 찾아갈 수 있도록 조치했다. 우리는 파리 남부 어딘가에서 차를 몰고 가던 중, 투르 드 프랑스 대회에 참가한 사이클 주자들을 피하려다가 그만 길가의 도랑으로 굴러떨어지고 말았다. 트랙터로 끌어 올린 차의 상태는 그럭저럭 괜찮아 보였다. 그런데 다음 날 차를 타고 출발하는데 갑자기 차 하부에 뒤엉켜 있던 잡초에 불이 붙었다. 그래도 결국 우리는 이 차를 몰고 니스로 내려갔다가 알프스를 지나 베를린으로 들어갔다가 다시 칼레로 돌아왔다. 마침내 차가 미국 땅에 도착한 그때가, 나로선 그의 화난 모습을 볼 수 있었던 유일한 순간으로 기억한다.

여든 살이 되면, 많은 것들로부터 멀어진다. 힘든 결정들, 어려운 시기, 후회, 이 모든 게 이제는 멀리 떨어져 있다. 정원에서 머무는 그의 모습, 우리의 어린 딸들을 데리고 물에서 놀던 그의 모습을 지켜본 사람이라면 그가 일생 동안 기다려 온 게 결국은 그런 순간들이 아닐까 싶었을 것이다. 몸이 많이 그을리고 약간은 구부정해진 나이 든 유대인 남자가 청록색 수영 팬츠를 입고 흰색 테리 직물의 챙 모자를 쓴 채 물가에 서 있는 모습. 확신컨대 그는 다시 되돌릴 기회가 주어진대도 다시 그렇게 그 자리에 서 있을 것이다.

•

## 씬 화이트 듀크
## 2016년 사망

록 스타는 두 부류로 나뉜다. 그 사람이랑 같이 자고 싶거나 그 사람처럼 되고 싶거나. 대부분의 경우는 어느 쪽이든 좋겠지만. 시인인 한 친구는 자신이 '지기 스타더스트Ziggy Stardust'(데이비드 보위의 페르소나 중 하나-옮긴이)가 되어 공연했을 때가 인생 최고의 순간이었다고 말했다. (친구는 2세대 팬이다. 우리가 1971년 〈헝키 도리Hunky Dory〉 음반을 무한 재생하고 있을 때 그녀는 세상에 태어나지도 않았다.) 예일대에서 열린 음반 발매 25주년 기념 행사에 참여한 그녀는 머리를 짧게 자르고 붉게 염색했으며 점프 슈트를 입고 은색 플랫폼 부츠를 신었다. 그리고 음반에 수록된 모든 노래를 불렀다. 사실 보컬로 활동한 전력이라곤 이게 다였지만 이로 인해 엄청난 희열을 맛보았던 그녀는 결국 같은 팀의 드러머와 결혼했다.

나는 사춘기로 접어들 즈음 일종의 성별 불쾌감gender dysphoria을 약간 느꼈다. 물론 이 용어는 비교적 최근에야 알았지만 말이다. 그때 나는 남자아이로 태어났다면 세상이 좀 더 나에게 유리하게 작동했을 거란 생각에 괴로워했다. 한 여름 캠프에 가서 사람들에게 내 이름이 '마이크'라고 말한 적도 있었다. 그렇다고 해서 내가 여자에게 마음이 끌렸던 건 아니었다. 사실 십 대 시절의 나는 여자 동성애자보다는 남자 동성애자에게 더 관심이 많았다. 그때 애즈버리 공원에 있는 드랙 전용 클럽이었던 엘 모로칸 룸El Moroccan Room에 들어가고 싶어서 끈질기게 갖은 노력을 기울였다. 젠더, 섹슈얼리티, 미술, 음악, 저항. 이 모든 게 그 사람 덕에 더 큰 의미를 얻었다. 그로 인해 우리는 자신이 어떤 존재가 될 것인가 결정하는 데 더 큰 자유를 얻었다.

그에게는 지기 스타더스트, 톰 소령, 알라딘 세인, 절규하는 바이런 경, 고블린 킹 등 수많은 공연 페르소나가 존재했다. 그중 씬 화이트 듀크는 명백히 최악의 아이디어였다. 세련된 금발의 신낭만주의적 영웅이었던 이 아리아인 공작은 히틀러가 최초의 록 스타였다는 식으로 말해 물의를 빚었다. 보위는 훗날 변명하기를 당시 코카인을 과다 복용해 음반 〈스테이션 투 스테이션Station to Station〉(내가 특히 좋아하는, 위태로운 느낌의 인상적인 리메이크 곡 '와일드 이즈 더 윈드Wild Is the Wind'가 바로 이 시기에 해당한다)을 녹음했던 기억조차 사라졌다고 했다. 그는 LA로부터 멀리 떠나며 이 시기를 끝냈다. 다행히 마약에 굴복한 록 스타들에게 흔히 일어나던 문제들은 씬 화이트 듀크에 국한되었고 그 페르소나를 만든 본인에게는 영향을 미치지 못했다. 데이비드 보위는 이후 40여 년을 더 살았으며 '라자루스Lazarus'로 자기 작품 세계의 후기까지 완성한다. 그는 휴대폰을 내려놓으며 말했다. 자유로워지고 싶다고.

•

## 여름 캠프 대장
## 2017년 사망

나와 내 여동생은 캠프를 싫어했다. 우리가 어딘가로 떠나는 게 아니라, 매년 다른 장소로 실려 가는 일이었다. 눈에 들어오는 것들이라곤 이름표 매는 줄, 양궁, 옥외 화장실 어디든 다 똑같았다. 그러다 「뉴욕 타임스」에서 우연히 본 여름 캠프 광고에서 이런 문구를 보았다. "그린필드. 창의적인 관심사를 찾아 떠나고 싶은 소년소녀를 위한 '뜻밖의 사건'."

이 '뜻밖의 사건'은 뉴욕 우드스톡 외곽에 있는 동화 같은 숲속에서 벌어졌다. 채석장을 개조한 야외 수영장이 딸린 곳이었다. 이 캠프의 대장은 한때 공립학교 교사였다가 할머니가 소유했던 캐츠킬의 작고 낡은 리조트를 매입하여 열두 살에서 열여섯 살 아이들을 위한 여름 캠프장으로 만들었다. 1972년, 우리가 어머니의 에메랄드 녹색 세단을 타고 캠프 진입로에 도착했을 때, 대장은 활기찬 걸음으로 나와 우리를 맞이했다. 길게 늘어뜨린 옷을 걸친 그는 키가 컸고 인상이 따뜻했으며 머리는 곱슬곱슬하고 턱수염이 덥수룩했다. 카리스마 있고 자신감 넘치는 그의 태도 덕에 내향적이던 어머니와 대장은 의외로 빠르게 서로를 존경하게 되었다.

이런 캠프라니! 노래도 안 부르고, 전통 체험도 없고, 제대로 된 양변기가 있다니! 우리는 스테인드글라스와 구리 에나멜을 재료로 이것저것 만들었고, 아쇼칸 저수지의 배수로에서 수영했고, 슬라이드 산을 하이킹했다. 캠프 전체가 와킨스 글렌에 가서 그레이트풀 데드와 올맨 브라더스 밴드 공연을 보았다. 분스 농장에서 사과주를 과음한 자들, 도를 넘는 사춘기 소년 소녀들, 버르장머리 없이 구는 녀석들은 엄한 사랑과 훌륭한 유머를 갖춘 캠프 대장이 다스렸다. 단 요리와 청소는 '사회봉사'였기에, 혹독한 하이킹처럼 그것들을 피할 수는 없었다.

40년이 흐른 뒤에 슬쩍 알아보니 캠프 대장은 도예가가 되었고 캠프에서 사용하던 침상은 도예품 전시장이 되어 있었다. 그의 곱슬머리는 희끗해졌고 얼굴에서는 세월의 흔적이 느껴졌다. 하지만 사롱(동남아시아의 민속 의상-옮긴이)을 감싸 입은 그의 당당한 존재감은 여전히 위용을 잃지 않았다. 그러던 어느 날, 그의 두 번째 아내는 남편이 작업 중이던 은팔찌와 스테인드글라스 창문들 사이에 쓰러져 있는 걸 발견했다. 며칠 뒤에 그는 세상을 떠났다. 그는 진정한 남자는 카프탄(터키 등지에서 즐겨 입는 로브풍 상의-옮긴이)을 입으며, 괜찮은 정도를 넘어 당신이 어떤 사람인지 확실히 보여 주려면 반드시 필요한 멋진 의상이라는 사실을 입증한 사람이었다.

•

## 나의 조언자
## 2017년 사망

나는 고등학교를 졸업하면서 다시는 역사를 공부하는 일은 없으리라고 맹세했다. 다만 지구과학만은 내 상상력의 영역에 느슨하게나마 붙들려 있었다. 대학에 들어간 나는 록 스타 같은 교수들의 이름을 물어보고 다니며 수강할 과목을 골랐고, 그들을 통틀어 믹 재거급이라 할 수 있었던 교수는 바로 러시아 역사 전공이었다. 1978년 가을에 열리는 그의 강의는 '1800년 이전의 러시아'였으며 상류 계급에 한정된 역사였다. 하지만 내게 허락되지 않은 일을 시도하는 게 나의 가장 열정적인 취미였기에, 내 뜻한 바를 전하고자 그의 사무실로 향했다.

교수는 키가 크고 호리호리한 체격이었으며 짙은 머리칼은 뒤로 싹 빗어 넘겨 넓은 이마가 드러나 있었다. 검은 뿔테 안경을 쓴 모습이 마치 학구적인 클라크 켄트처럼 보였다. 손에 든 러시아의 장대한 서사시는 매혹적이면서 비극적이고 화려했다. 그 후로 몇 년간 나는 그의 수업에서 필기한 내용으로 꽉 찬 노트를 나선형으로 쌓아올릴 만큼 갖고 있었다. 그중에는 과하게 장식적인 그의 글씨체를 따라하느라 흡사 키릴 문자처럼 보이는 필기도 있었다. 가짜 드미트리, 미하일 바쿠닌, 니즈니 노브고로드. 그때 난 그에게 완전히 빠져 버렸고, 역사를 전공으로 택하겠다는 선언으로 그 심정을 드러냈다. 우리 전공생들은 그의 집으로 가서 같이 재즈를 듣거나 레드 삭스의 경기를 보아야 했다. 사실 난 베이비시터 노릇은 영 별로였지만 그의 아이들을 잘 돌봐 주려 노력했다.

몇 년 후, 내 인생에 이렇게 훌륭한 분(나의 조언자, 난 언제나 그를 이렇게 불렀다)이 있다는 걸 자랑하고 싶었던 나는 친구들과 가족들을 청중 삼아 그의 집으로 데려갔다. 마지막으로 들렀을 때만 해도 그는 10여 년째 파킨슨병에 맞서 싸우고 있었다. 상상조차 힘든 일이었지만 책을 읽거나 글을 쓰는 일은 포기해야 하는 상황이었다. 그런데 이번에 가 보니 벽마다 그의 그림들이 기대어 서 있었다. 마스던 하틀리 화풍의 추상화에서 재즈의 기운이 느껴졌다. 프로비던스에서 열린 추도식에는 나보다 저명한 제자들, 더욱 가까웠던 제자들이 가득 자리를 메웠다. 그날 그의 가족들은 내가 술에 취한 채로 호텔을 찾아가느라 밤거리를 헤매지 않도록 나를 자신들의 집으로 데려갔다. 1층 부엌에 있는 우유 한 잔은 한없이 꺾이고 또 꺾인, 마지막 남은 학생을 위한 것이었다.

•

## 골든 보이
## 2016년 사망

대학 시절에 내가 우상처럼 여겼던 사람들 중에 펜실베이니아 웨스트체스터에서 온 한 천재 소년이 있었다. 그는 모터사이클을 타고 다녔고 좌파 의식이 뚜렷한 사람이었다. 내가 그곳으로 간 1975년 가을에 그는 몸이 흙으로 돌아가는 열반에 다다르겠다며 서부로 향하던 참이었다. 그가 가진 매력 중 하나가 카리스마 넘치는 형의 존재였다. 그의 형은 우리보다 몇 년 앞서서 프로비던스에 와 있었다. 이미 프린스턴의 사립 고등학교를 평정했던 그는 이곳 역시 장악했다. 이미 로드아일랜드 주 정치계에서 경력이라 할 만한 일들을 시작했고 인기 있는 로컬 밴드를 꾸렸고 학위도 끝냈다. 당시는 코카인이 어디에나 많이 퍼져 있던 시절이어서 월 스트리트와 할리우드 역시 마찬가지였는데, 이와 관련한 인맥을 갖추었던 그는 더욱 활기를 얻었다.

그랬던 그도 경찰의 수사망에 걸려들면서 무너졌다. 인맥 좋은 가족의 힘으로도 어찌할 수 없는 강력한 수사였다. 그나마 징역살이는 면했지만 대학 졸업은 물 건너갔다. 이제 '골든 보이'와는 거리가 먼 삶의 고리를 돌고 돌았다. 구제 금융, 중독 치료, 취업 알선, 재기, 그리고 다시 약간의 그것. 왜 아니겠는가. 동생은 멀찍이서 형을 지켜보았고 부모님도 그저 아들의 상황을 받아들였다. 골든 보이는 아름답지만 다 망가져 버린 자신의 자동차 리스트는 계속 간직했다. GTO, 코롤라, 템페스트, 머스탱, 피아트.

골든 보이가 마지막으로 동생을 만났을 때는 둘 다 50대 중반의 나이였다. 이제 도시 계획가이자 자랑스러운 아버지, '골든 맨'이 된 친구는 쿠바 방문을 마치고 돌아오는 길에 플로리다에 들러 형을 만났다. 그날 만난 형은 오래된 난파선 같은 모습이었다. 불분명

한 발음으로 허풍 떠는 이야기를 끊임없이 반복했다. 그렇지만 자기가 얼마나 사랑하는지 아느냐며 상대를 꼼짝 못하게 만들 수 있는 사람인 건 변함없었다.

몇 년 뒤, 동생은 형이 마지막 숨을 내쉬었던 방에서 정리된 유품 몇 상자를 받았다. 어머니의 요리법이 적힌 메모 한 뭉치, 알코올 중독자 및 약물 중독자 자조 모임에서 받은 용품 한 더미, 그의 이야기를 액자 구성으로 기록한 기사가 실린 잡지 한 권. 그리고 낡은 흑백사진들이 보관된 스크랩북이 있다. 사진 속의 두 소년은 외투를 입고 카메라 앞에 서서 우스꽝스런 표정을 짓고 있거나, 양복과 타이로 차려입었거나, 큰 아이가 자기보다 작은 동생을 보호하려는 듯 팔로 감싸 안고 있었다. 동생은 마음이 울렁이면서도, 자신이 그 시절을 전혀 기억하지 못하고 있음을 깨달았다.

•

## 전사이자 시인이었던 여자
## 2010년 사망

1976년에 나는 텍사스로 이사했다. 그때 그곳에서는 흥겨운 시인 로데오가 한창이었다. 서정적인 허풍쟁이, 스페인어를 쓰는 여자 가수, 택시를 운전하는 케루악, 청각을 잃은 탐정, 머리가 희끗한 주정뱅이, 섬세한 휴스턴 토박이. 그리고 그들 사이를 당당한 걸음으로 다니는, 어딘지 약간 섬뜩한 여왕이 있었다. 부드러운 목소리, 풍만한 몸매의 그녀는 치어리더 같은 미소를 띠고 쭉 뻗은 금발을 허리까지 늘어뜨리고 있었다. 그녀는 페미니스트이자 평화주의자, 실천가였으며 거침없는 투사였다. 치켜올린 눈썹으로 즐겁게 의아해하는 감정부터 완전히 역겨워하는 감정까지 온갖 높

낮이를 표현할 수 있는 사람이었다(시인 수전 브라이트를 일컬음-옮긴이).

그때의 나(뷔스티에 혹은 아이스하키 유니폼을 입고 나의 경솔했던 관계들에 관한 시를 읽는 열여덟의 '앙팡 테리블')는 두 감정 사이의 어딘가를 나타내고 있었다. 그러니 우리는 가까이 지내지 못했고 그러다 나는 멀리 떠나게 되었다. 수십 년이 흐른 뒤, 나는 그녀가 죽었다는 소식을 들었다. '암과의 짧았던 투쟁'이었다고 부고는 전했다. 예순다섯 살은 너무 젊은 나이였지만 짧은 것도 그리 나쁘지는 않구나 싶다.

그녀는 1975년에 출판사를 열어 350권의 책을 출간했다. 그리고 본인은 시집 열아홉 권을 발표했으며 오스틴 북 어워드에서 세 차례, 바이올렛 크라운 어워드에서 한 차례 수상했고 1990년 텍사스 올해의 여성으로 선정되었다. 각종 축제와 컨퍼런스와 워크숍을 기획했고 셀 수 없이 많은 젊은 작가들의 멘토가 되어주었다. 하지만 그녀에게 표창을 수여하기로 한 82번째 텍사스 주 의회 결의문에서도 제시되었듯 그녀가 유명해진 이유는 다른 무엇보다도 수영이었다.

그녀는 바톤 스프링스의 얼음처럼 차가운 에메랄드빛 물에서 매일같이 수영했다. 이 천연 수영장은 한 번 나아갈 수 있는 거리가 800미터쯤 되며 새와 절벽, 나무로 둘러싸인 곳이었다. 그런데 이곳이 개발될 위기에 처하자 사방에서 격렬한 비난이 쏟아졌다. 그녀는 관련 위원회의 일원으로 모임에 참석해 자기 의견을 밝혔고, 시 의회에서 이 사태를 강력히 규탄하기 위한 시들을 낭송했다. "*검은 양복을 입은 사람들이 악랄한 계획과 성명을 들고 나왔으며 그들의 턱수염 졸업장의 학과목에는 문학도, 윤리학도, 철학도, 예술도 없었다. 하나둘셋, 숨 쉬고. 하나둘셋, 숨 쉬고.*"

이 시는 1993년 터크 피프킨이 엮은 선집 『바톤 스프링스 이터널Barton Springs Eternal』에 실렸다. 우리는 그곳에서 영원히 함께할 것이다. 고요히 맹렬했던 그녀와 반쯤 걸친 나. 시의 천국에서.

•

## 플로리다의 유대인
## 2011년 사망

늘 파티를 시작할 준비가 되어 있던 내 첫 번째 남편과 나는 결혼을 앞두고 마이애미로 여행을 떠났다. 그곳에서 내 오랜 친구의 집에서 머물렀는데, 사실 그 집도 콘도미니엄 단지 내에 있는 친구의 할머니 댁이었다. 배달 신문이 현관문 밑으로 미끄러져 들어오는 그 집의 주인인 할머니는 '플로리다의 유대인'이었다. 우아했던 할머니는 우리가 함께하는 걸 즐거워하셨다. 다만 사람 많은 곳에 갈 때는 우리와 동행하지 않고 본인의 신용카드를 건네며 저녁을 먹고 들어오라고 하셨다. 그때 미용사였던 약혼자는 밝은 금발 붙임머리에 두건을 두른 헤어스타일을 한껏 드러내고 다녔고 나는 파티 선물로 받았던 하늘하늘한 푸른색 가운과 잠옷을 걸친 채로 막 돌아다녔다.

진작 할머니가 어떤 분인지 눈치챘더라면 할머니의 패션 조언에 귀를 기울였을 텐데. 할머니는 1930년대에 브루클린의 오션 파크웨이에 있는 자기 어머니 집 현관 앞에서 처음으로 옷 가게를 열었다. 전쟁이 끝나고 할머니와 할머니의 자매들이 함께 꾸렸던 여성용 속옷 사업이 그 시초였다. 그런데 현관 앞이 너무 부산스러워지자 이웃들의 항의가 들어왔고 결국 할머니는 넵튠 거리에 제대로 된 가게를 열었다. 고급스럽지만 비싸지 않은 할머니의 상품들은 특히 시리아 출신의 부유한 유대인들에게 사랑받았다. 그들은 고향 내의 반유대주의 흐름이 갈수록 거세지자 줄지어 브루클린으로 이주한 사람들이었다.

만약 1951년 어느 날 할머니가 두 딸 중 하나를 차 사고로 떠나 보내며 깊은 상실감에 빠지는 일만 없었더라면, 할머니의 사업이 어떻게 나아갔을지는 누구도 모를 일이다. 그 어둠으로 인해 이 이야기는 더 이상 아무도 기억하고 싶지 않은 방식으로 바뀐 것이다. 할머니의 손녀인 내 친구는 자기가 모르는 이모의 이름을 물려받았고, 옷을 고르는 일에 열정과 개성이 깃들도록 길러졌다. 21세기에 들어서는 친구가 자기 딸을 그렇게 똑같이 길렀다. 이 '플로리다의 유대인'의 100번째 생일은 4대에 걸친 아름다운 여성들이 아름다운 옷을 차려입고 모여 축하했으며 청바지를 입고 집에서 만든 할라 빵을 가져온 나도 그 자리에 있었다.

내가 마지막으로 '플로리다의 유대인'을 만난 곳은 더는 플로리다가 아니라 저지 쇼어 옆의 요양원이었다. 으레 그렇듯, 완벽하게 멋진 곳이었다. 막상 그곳에 사는 사람들은 자기가 왜 집으로 가지 못하는지 알고 싶을 따름이지만. 어쩌면 로비에 걸린 안내문, 마치 필체를 숨기려는 범죄자의 메시지처럼 조각조각 오려서 붙인 글자들이 그 답이 될 수도 있겠다. "오늘은 2009년 8월 10일 월요일. 계절은 여름. 날씨는 고온 다습. 돌아오는 휴일은 노동절."

어쩌면 내가 말년에 알아야 할 것이라곤 그게 전부일지도 모르겠다.

•

## 시동생

## 2010년 사망

우리의 시작은 타파웨어 컵에 담긴 진 앤 윙크(진과 탄산음료 윙크를 섞은 칵테일-옮긴이)였다. 그날 나는 포코노스의 월런포펙 호숫가 부두에 사랑하는 사람의 가족을 만나러 온 참이었다. 애인의 남동생은 집에서 가져온 칵테일을 쟁반으로 실어 나르고 있었다. 호리호리한 형보다는 작고 다부진 체형이었던 남동생은 가족들 중 누구보다도 따뜻하고 친절한 사람이었다. 활짝 웃는 얼굴, 싱거운 농담, 사려 깊은 태도. 그리고 메탈리카 티셔츠. 주머니 속의 마리화나. 스물네 살 때부터 가늘어지기 시작한 머리카락. 나는 어쩐지 그 아이랑 같이 고등학교를 다녔던 것만 같은 기분이었다.

자습 시간에 같이 취해 있었던 것 같았다. 재미난 게 최고로 좋았던, 70년대 형편없는 백인 꼬마들. 그게 우리였다.

애인과 내가 결혼하고 나서 얼마 뒤에는 이제 시동생이 된 그도 결혼했다. 상대는 같은 동네에 살았으며 눈이 푸른색이었던 근면한 성품의 여자였다. 그리고 그녀에겐 나이가 고만고만한 세 아들이 있었다. 난 항상 그 아이들을 휴이, 듀이, 루이(도날드 덕의 조카들-옮긴이)로 떠올렸다. 그녀가 세 아이를 키울 수 있도록 도운 게 시동생이 했던 가장 잘한 일이었다. 공놀이도, 바닷가로 향하는 장거리 자동차 여행도, 한밤중에 호수에서 벌이는 불꽃놀이도 어느 하나 빼먹지 않았다. 험하고 폭력적인 아버지, 인자한 새아버지를 모두 겪어본 그는 아이들을 대할 때 오로지 다정한 아버지이기만 했다. 훈육은 아이들의 엄마에게 맡겨야 한다는 정도는 잘 알았다.

휴이, 듀이, 루이가 다 자랐을 때쯤 아이들의 엄마는 완전히 술을 끊었다. 하지만 아빠인 그는 그러지 못했다. 평생 펜실베이니아 주의 주류 상점들을 관리하는 일을 해왔던 터라 어쩔 수 없었다. 그런데 야구 카드, 도박, 여자 등 돈이 드는 일은 손대지 않았다. 그는 마치 두 명의 다른 사람인 것 같았다. 거짓말을 하고 물건을 훔치고 몰래 돌아다녔던 어두운 쪽의 자아는 떠나 보내지 못했다. 몇 달은 간간이 술을 마시지 않고 지냈다. 그러나 간에게 충분한 기회를 줄 정도는 아니었으며 C형 감염도 마찬가지였다.

그가 나이 쉰둘을 두 주 앞두었던 어느 날, 그만 계단에서 구르고 말았다. 응급실에 가고 깁스를 하고 가족들과 식사하는 자리에서 그를 놀려주는 식으로 흘러갈 수도 있었을 일이었다. 그런데 그건 포기할 수밖에 없었다. 마침내 두 자아가 합의에 도달하고 있었다. 다 집어치워. 우린 그만두겠어.

•

## 후 댓Who Dat

## 2013년 사망

뉴올리언스에서는 '광인'을 위한 바가 흥한다. 여기서 광인이란 '알코올 중독자'와 '마약 중독자'와 다르지 않은 말이다. 뉴올리언스에 사는 누군가로부터 자기는 금요일이면 집 밖에 나가지 않으니 알코올 중독은 아니겠구나 싶었다는 이야기를 들은 적 있다. 이러한 뉴올리언스 특유의 문화 덕에 1980년대 초반에 이곳을 방문한 나는 편안함을 느낄 수 있었다. 그때 날 초대한 사람은 오래된 친구 부부였다. 부부는 뉴욕 주에서 살다가 이곳으로 이사했다. 같은 깃털을 가진 새들이었던 부부는 이제 기묘한 오리 떼 사이에 끼어 있었다. 그 오리들이란 지하철의 음악가, 비주얼 아티스트, 심령술사, 음모론자, 부두교 여왕이었다. 그들 가운데서도 주축이 되는 인물이자 정통 뉴올리언스 음악의 계승자였던 이는 창백한 낯빛의 깡마른 기타 연주자였다. 나이는 이십 대였지만 이미 전설적인 존재였다. 그가 속한 밴드의 음악 스타일은 휭크funk나 블루스보단 실험적인 펑크 음악에 더 가까웠지만 공연은 어디서든 했다. 휭크 밴드 미터스나 블루스 가수 프로페서 롱헤어의 오프닝 공연을 하고 역시 블루스 기타리스트인 얼 킹이나 재즈 가수 리틀 퀴니의 반주를 맡았다. 다들 그가 이 도시 최고의 작곡가라고 생각했지만 막상 그가 발표한 곡 제목을 댈 수 있는 사람은 별로 없었다.

그는 논리적으로 말하는 법이 거의 없는 사람이었고 어디에도 속박당할 수 없는 사람이었다. 그의 눈은 항상 슬퍼 보였다. 그에겐 어린 아들과 아내가 있었는데, 훗날 아내가 한 명 더 생겼으며 그들 모두에게 헌신했다. 그는 다정했다. 눈에 보이지 않지만 우리 주위를 둘러싸고 있는 것들의 존재를 예민하게 의식했던 그는 자기가 외계인에게 납치된 적 있다고도 했다. 또 마약에 관련된 연줄이 놀라울 정도였다. 결국 놀랍게도 그는 마약을 떨쳐내기 위해 뉴올리언스를 떠나야 했고 자발적인 망명 생활로 여생을 보냈다.

한번은 우리가 애틀랜타에 들러 그와 그의 아내 다이앤을 찾아갔다. 그들의 집은 무계획하게 증축된 2층 주택이었고 부엌이 꽤 컸다. 다이앤은 우리를 데리고 농산물 시장에 갔고 그곳에서 근대 세 단을 구입했다. 요리책 『무스우드에서 보내는 일요일Sundays at Moosewood』에서 배운 파스타에 들어갈 재료였다. 그날의 기억은 무엇보다도 그 파스타 요리법이 최고로 생생히 남았다. 지티 콘 비에톨레Ziti con bietole, 한번 찾아보시길.

그 뒤 수십 년간 서로 연락 없이 지내던 어느 날, 그가 페이스북으로 나를 찾아내 전화를 걸었다. 그가 자신이 죽음에 가까워지고 있음을 알았던 때였다. 예순두 살이었던 그는 암 4기 진단을 받았고, 그즈음에 나는 남편 토니의 안락사에 관련해 어떤 역할을 했는지 기록한 적이 있었다. 그는 혹시 자신에게 어떤 의견을 줄 수 있는지 궁금해했다. 또 그것 말고는, 그저 내게 안부를 묻고자 했다.

•

예술가
2016년 사망

처음으로 그를 본 그때, '1999년'은 먼 미래였고 우리는 언제나 그렇듯 형편없었다. 라디오 시티 뮤직 홀에 도착한 나와 동생, 스티브, 토니는 완전히 약에 취해 있었고 끔찍한 1980년대 스타일의 옷차림에 한껏 부풀린 핑크색 머리를 하고 있었다. 그는 허공에 떠 있는 침대에서 '인터내셔널 러버International Lover'를 불렀다. 공연이 끝나고 나와 보니 5번가에 주차해 둔 우리 차는 제자리에 그대로 있었다. 열쇠를 그대로 차 안에 두고 나왔는데도 말이다.

두 번째로 그를 본 그때, 나는 다시 동생과 함께였

다. 뉴 밀레니엄이 와 있었고 우리의 운은 여러 번 뒤집어졌다 엎어졌다 했다. 앞서 소개한 남자애 둘은 오래전에 세상을 떴고, 동생은 10년간 약을 끊었다. 나와 동생은 각자의 세 번째 남편, 두 번째 남편과 함께 메도우랜드 경기장의 맨 뒷줄에 앉았다. 그가 저 멀리 있었다. 키 157센티미터이며 미니애폴리스 출신인 채식주의자, 여호와의 증인, 달만큼 거대한 천재(가수 프린스를 일컬음-옮긴이).

마지막으로 그를 본 그때는 볼티모어 폭동 직후의 시기였다. 그는 어머니의 날에 평화를 기원하는 콘서트를 열었다. 나는 이게 마지막 기회임을 알고 있다는 듯, 나와 내 딸이 앉을 공연장 세 번째 줄 자리에 천 달러를 썼다. 연무기에서 연기가 피어오르고 보랏빛 조명이 켜지더니, 내 무의식 속 주크박스 상위 10곡이 하나둘씩 쏟아져 나왔다. 멜랑콜리한 코드를 계속 쌓아 올리는 '리틀 레드 코베트Little Red Corvette', 경쾌한 리프로 시작하는 '웬 도브즈 크라이When Doves Cry'. 만 명의 목소리가 "너, 난 너를 위해 죽을 수도 있어You, I would die for you"라고 노래했고 그건 마치 이 미친 도시에서 좋은 일이 생길지도 모르겠단 기분이 들게 했다. 나는 몸을 웅크리고 흐느꼈다. 딸이 내게 말했다. "엄마, 공연 봐야지."

내가 그와 같은 해에 태어났다는 게 자랑스러웠다. 프린스, 마돈나, 키스 헤링, 마이클 잭슨, 그리고 나, 가끔 불러 보곤 하는 이름들이다. 이제 마돈나와 나 둘만이 남아 이곳을 지키고 있다. 나는 부검 결과가 나올 때까진 그가 약물 과다 복용으로 죽었다는 사실을 믿을 수 없었다. 망가진 엉덩이와 통굽 구두로 기록된, 최초의 스트레이트 에지(기존의 펑크와 달리 술이나 담배, 약물을 멀리하는 금욕적인 태도를 고집한 펑크 문화-옮긴이). 그는 그런 일이 생길 줄 알고 이미 약물 중독 재활원으로 자기를 데려갈 의사를 부른 참이었다. 나는 몇 주째 그의 죽음에 관한 기사를 찾아대는 일을 멈출 수 없었다. 마치 다른 결말이 있을지도 모른다고 믿는 사람처럼.

•

## 젊은 헤라클레스
## 2015년 사망

위키피디아에 의하면, "자선기금을 모으기 위해 차가운 물을 머리 위로 뒤집어쓴다는 발상이 어디서부터 시작되었는지는 정확히 알 수 없다." 하지만 이 엉뚱한 아이디어는 2014년 여름, 입소문을 타고 퍼져나갔고 '아이스 버킷 챌린지'라는 이름을 단 영상이 엄청나게 늘었다. 일단 찬물을 뒤집어쓰고 흠뻑 젖은 희생자는 이 챌린지를 다른 사람에게 전달한다. 여기서 호명된 사람은 루게릭병 연구소에 기부하거나 몸을 흠뻑 적시거나 둘 중 하나를 택해야 하는데, 대부분 둘 다 했다. 이 영상들 중 하나는 샌안토니오 TV 방송국 웹사이트에 지금도 남아 있다. 그 영상 속 남자는 휠체

어를 타고 있으며 움직이지도 말하지도 못한다. 남자의 어머니와 절친한 친구가 카메라 앞에서 연설하는 동안, 남자의 머리 위로 얼음물 열네 통이 쏟아졌다.

아이스 버킷 챌린지의 다른 영상들은 우리까지 머리가 얼어붙는 기분이라서 지켜보기가 힘들다면, 이 영상은 다르다. 남자의 쇠약한 두 팔, 저절로 비틀어지는 몸, 주름지도록 눌린 목, 너무 이르게 희끗해진 턱수염을 지켜보는 게 힘들다. 마흔두 살인 그는 14년째 이 병을 앓으며 살아왔다. 그는 스스로 움직일 수 있는 최후의 근육을 써서, 미소 비슷한 표정을 지어 보인다. 그리고 입의 절반쯤이 짧게 움직인다. 두 눈은 또 다른 이야기를 하고 있다. 간절한 열망으로 가득 차 있다.

남자는 암벽 등반가, 카약 선수, 야생 지역 가이드였다. 두려움 모르는 탐험가였으며 가망 없이 낭만적인 시인이었다. 그러다 병이 찾아왔을 때의 그는 여전히 20대를 벗어나지 않은 나이였다. 처음에는 자꾸 발을 헛디뎠고 이상하게 몸이 허약해졌으며 음식을 삼키기가 어려워졌다. 그리고 진단된 병명, 앞으로 모든 걸 잃게 됨을 의미하는 그 끔찍한 음절들의 모음. 그저 운동 능력이나 말하는 능력뿐만 아니라, 웃음도 섹스도 맥주도, 눈을 가리는 머리칼을 쓸어 넘기는 동작조차도 모두 잃어버리게 된다는 뜻이었다.

이 쇠약한 젊은 헤라클레스는 웨일스에 뿌리를 둔 남자들의 계보를 이어받았으므로, 불가능한 일을 해낼 수 있다는 굳건한 믿음의 축복 혹은 저주를 받고 있었다. 그의 할아버지는 독일의 포로수용소에서 탈출한 사람이었다. 그의 아버지는 내가 1980년대부터 90년대에 이르기까지 일했던 소프트웨어 회사의 상사였는데, 불이 난 건물에서 사람들을 구했으며 주말 동안 컴퓨터 언어 전체를 익힌 사람이었다.

얼음물 열네 통. 14년의 한 해마다 한 통씩. 그리고 미소. 잔인한 신들도 지켜보고 있었길 빈다.

•

## 유난히 단정했던 사람
## 2013년 사망

오스틴의 소프트웨어 회사에서 그녀를 만났을 때 내 나이는 스물다섯이었다. 그리고 그녀는 서른둘이었다. (굳이 나이를 언급하는 이유는 내가 지금 하려는 이야기를 혹시라도 우리의 고등학생 시절이라고 여길까 싶어서이다.) 그녀의 머리칼은 완벽하게 쭉 뻗은, 빛나는 연갈색이었다. 햇볕에 잘 그을린 얼굴빛, 시원시원한 미소, 크고 푸른 눈. 매일 몸에 꼭 맞는 청바지와 잘 다림질한 옥스퍼드 셔츠를 입고 다녔다. 글씨체는 아름다웠고 사무실은 나무랄 데 없이 잘 정돈되어 있었다. 나는 비록 컴퓨터 언어를 잘 알진 못했지만 그녀가 만든 프로그램이 얼마나 우아할지는 상상할 수 있었다. 그녀는 버지니아에서 자랐고(느릿한 남부 사투리가 듣기 좋았다) 어린 시절부터 연인이었던 사람과 결혼한 뒤 텍사스로 이사했다. 도시의 외딴 교외에 있는 삼각 지붕의 집에서 살았던 부부는 회사 사람들을 초대해 파티를 열었다. 당연한 말이지만 각종 양념통들은 알파벳순으로 배치되어 있었다. 어쩌면 그녀는 전생에 풍수 사상을 만든 사람이었는지도 모르겠다.

그뿐만이 아니다. 그녀는 온화하고 겸손하며 친절한 사람이었고 기민한 투자가였으며 동물 애호가였다. 하루에 두 번씩 자기 책상에 앉아 명상을 했다. 그 덕에 열네 시간씩 내리 앉아서 집중력 있고 정확하게 업무를 해낼 수 있었다. 그녀는 회사의 창업자이자 최고경영자이며 대표인 상사와 함께 밤새 사무실에 틀어박혀 프로그램의 버그를 수정하곤 했다.

그때, 우리의 찻주전자 속에 어떤 폭풍이 일었는지 당신이라면 상상이나 할 수 있을까? 그녀의 상사가 동거 중이던 여자 친구와 헤어지면서 마침 그 여자 친구는 부사장이 되고, 그녀는 이제 성공한 변호사가 된 어린 시절의 연인, 즉 남편을 떠나면서 결국 그녀와 상사

두 사람이 결합할 수 있었던 바로 그때 말이다. 난 그래도 다른 사람들보단 아주 조금이나마 덜 놀랐을 수도 있다. 몇 달 전, 차고지에 주차된 그녀의 검정색 마쯔다 RX-7에서 두 사람이 함께 내리는 모습을 본 적 있었기에. 누군가의 증언에 따르면 그녀의 결혼생활은 보기보다 그리 순탄치 못했다고 한다. 하지만 그렇다 해도….

물론 다양한 견해가 오갔고 부부 사이의 신의에 어긋난다는 문제도 있었다. 나 역시 부사장에게 안타까운 마음이 있었고 대체로 분노하는 분위기도 이해했다. 그러나 그럼에도 이 모든 비밀스러운 일을 벌인, 그리고 이를 사람들 앞에 공개하고 자기 삶 전부를 무너뜨린 그녀의 기개. 내가 언제까지나 찬탄할 그것. 그게 사랑이란다, 베이비.

변호사는 곧 버지니아로 돌아갔고 상사는 삼각 지붕의 집에 안착했다. 자연식에 집착했던 상사는 그녀도 그쪽으로 끌어들였다. 그래도 근사한 파티를 여는 일은 멈추지 않았던 그녀는 미역 넣은 버섯 요리를 며칠씩 걸려가며 준비하곤 했다. 두 사람이 몸담았던 소프트웨어 회사가 매각되면서 그녀는 동네 고등학교의 임시 교사로 들어갔다. 아마도 그녀라면 교실은 풍수에 맞추고, 모두에게 채식 컵케이크를 권하고, 아이들에게 초월 명상법을 가르쳤을 것이다.

그녀가 자궁암 진단을 받은 지 1년도 채 되지 않아 세상을 떠났다는 걸 어떻게 말해야 할지 모르겠다. 난 그녀가 떠났다는 사실을 받아들이기 위해 비행기를 타고 날아가 추도식을 준비하는 전 상사를 도왔다. 62번째 생일이 되었을지도 모를 자리였다. 데크 위에서 바라보는 마지막 일몰, 마지막 마르가리타 한 잔, 혹은 다섯 잔. 유난히 단정하고 다정했던 사람, 안녕히.

•

벨벳 토끼

2017년 사망

파릇한 푸성귀 같던 시절, 건강도 재능도 한껏 피어났던, 인생의 초입 길. 우리의 본부는 웨스트 오스틴에 있는, 돌로 쌓아올린 단층집이었다. 옆으로 길고 나지막한 프랭크 로이드 라이트(주변 환경과 조화를 이루는 유기적 건축을 추구한 미국의 건축가-옮긴이) 스타일의 집이었고 그 옆에 영화배우 같은 청록색 수영장이 있었다. 집 안에서는 젊은 여자들이 시를 쓰고 음악을 연주하고 있었으며, 그들의 기나긴 대화는 로맨스로, 우정으로, 한때 조금 유명했던 레즈비언 포크록 밴드 이야기로 이어졌다. 그녀는 요정 같은 금발에 존 레논 안경을 쓰고 기타를 쳤다.

어슬렁거리던 나는 그녀의 작은 침실로 들어갔다. 화려한 색감을 써서 스크래치 기법으로 그린 그녀의 그림들이 벽마다 걸려 있었고 한쪽에서 그녀가 삶은 달걀을 먹고 있었다. "당신은 늘 삶은 달걀을 먹네요." 내가 말했다. 그러자 그녀는 무미건조한 어조로 대답했다. 지난 두 주 동안 삶은 달걀만 먹었다고. 그때 사람들이 무얼 먹는지 관심이 많은 젊은 엄마였던 나의 눈에는 그게 정상적으로 보이지 않았다. 하지만 결국 그녀는 자연스레 금욕주의로 나아갔다.

분노와 신경과민증이 그 뒤를 이었다. 조증과 망상이 그녀를 갉아먹기 시작했다. 여럿이 모여 살던 집, 민주적으로 운영되던 밴드, 물안개 속에서 왁자지껄 벌이던 술판은 여기까지였다. 그녀는 혼자의 힘으로 음반 두 장을 내기도 했지만, 몇 년 뒤에 그녀의 머릿속 잡음이 모든 걸 쓸어내 버렸다. 푸성귀 같던 시절이 오랜 과거가 된 어느 날, 옛 친구들 몇몇은 그녀가 창고에서 살고 있다는 사실을 알게 되었다. 밴드의 멤버들이 기금을 모으기 위한 행사를 열었고 한 커플이 그녀를 본인들의 집에서 지내도록 했다. 그리고 그녀에게 간절히 부탁했다. 먹어. 어서 자. 약 먹어야지. 하지만 그녀는 어떤 광적인 임무를 다하려는 듯 달아나 버렸고, 결국 지나가던 사람이 911에 신고해 병원에 들어가는 신세가 되었다.

죽음은 예순한 살의 그녀가 홀로 셋방에 머물던 시기에 찾아왔다. 나와 그녀가 이야기를 나눈 지도 스무 해가 훌쩍 넘은 때였다. 하지만 그녀의 아름다운 정신이 담긴 그림 한 점은 지금도 늘 나와 함께하고 있다. 아마 내 남편이 두어 번 그녀의 머리를 잘라 주었던 대가로 받은 그림이었을 것이다. 복잡하고 만화경 같은 다채로운 색으로 낙서처럼 그려진 이미지 주위에 검고 넓은 테두리가 둘러져 있다. 낙서 중 어느 부분은 환각적인 분위기를 띤 삶은 달걀처럼 보인다. 달걀의 노른자는 화살과 마법 주문이 되어 흰자 쪽으로 터져 나왔고 그 빛깔은 주황색이다. 신중하게 그려진 사각형 안에 든 이미지 주위로 동화에서 따온 글귀가 들어가 있다. *"눈물이 떨어진 자리에 꽃 한 송이가 땅을 뚫고 자라났다. 신비로운 꽃이었다. 정원에 자란 그 어떤 꽃들과도 완전히 달랐다."*

•

## 늑대인간
## 2013년 사망

청록색 수영장 옆에서 열린 파티에서 베라크루즈식 생선 요리를 먹고 멕시코 맥주를 마시고 있는 그녀의 친구들은 모른다. 이 떠들썩한 보헤미안 무리에 비하면 그는 조용한 편인데, 그건 그녀도 마찬가지이다. 그녀는 지금 술병을 입술에 대고 기울이는 그의 모습을 지켜보고 있다. 두렵다.

당신이 만약 늑대인간을 본 적이 없다면, 그 존재를 믿지 않을 수도 있겠다. 시카고에서 온 벌꿀색 머리칼의 소년이 위스키 석 잔과 맥주 세 병을 비우고 나면 무슨 일이 벌어질지 당신은 알지 못한다. 그의 눈이 얼마나 차갑게 번뜩이는지, 목소리가 어떻게 그르렁거리는지, 두 손이 어떻게 오그라드는지 한 번쯤 목격한 다음이라 해도, 아침에 깨어 보니 온몸에 물어뜯긴 자국과 멍이 가득하더라도, 당신은 여전히 늑대인간 같은 건 없다고 혼자 중얼거릴 것이다. 아니, 내 남편은 늑대인간이 아니야.

그녀가 그의 이상한 면을 맨 처음 알아차렸던 건 그가 정지 신호를 얼마나 싫어하는지, 그에게 뭘 하라고 알려 주려는 작고 노란 상자와 얼마나 씨름을 해대는지 알았을 때였다. 그의 이러한 행동은 그날 이후 본격적으로 드러났고 남모르게 지속되었다. 두 사람이 남자의 부모님 집을 방문했을 때 집 주위에서 오래된 털 뭉치를 발견한 적도 있었지만, 그래도 그녀는 그가 바뀔 수 있으리라고 믿었다.

어느 날 아침, 잠에서 깬 그녀는 평소와 다른 메스꺼움을 느꼈다. 그건 피임이 성공적이지 못했음을 의미하는 메스꺼움이었다. 늑대 인간과의 사이에서 아이를 낳는다는 것은 위험을 감수해야 할 일이었다. 그러나 그녀는 그에게 마지막 기회를 주기로 했다. 순간 그는 두 눈을 휘둥그레 떴고 수줍게 당황스러워했다. 그리고 그가 집을 비운 밤, 그녀의 친구들이 찾아와 그녀와 딸을 픽업트럭에 태웠고, 그걸로 끝이었다.

그의 다음 여자는 좀 더 똑똑했다. 그가 총을 구입했을 때, 접근 금지 명령을 어겼을 때, 여자는 경찰에 신고했다. 그 후, 늑대 인간은 얼마간 구금되었다. 그리고 다시 밖으로 나온 지 얼마 되지 않은 어느 날, 술에 취한 채로 넘어져 머리를 부딪혔다. 그렇게 두통을 느끼며 잠자리에 들었고 그대로 잠에서 깨어나지 못했다. 시카고에서 온 벌꿀색 머리칼의 소년은 동의했을지 모르겠다. 그건 다행스러운 일이었다.

•

## 무대 뒤의 여왕
2017년 사망

그녀를 처음 본 곳은 '돌 하우스'라는 스트립 클럽이었다. 잼 앤 젤리 걸스라는 대담무쌍한 코러스 팀에 속했던 그녀는 발레 드레스를 입고 디노 리, 그리고 그의 화이트 트래쉬 레뷔 팀과 함께 코믹한 스트립쇼를 공연했다. 토니와 나는 그녀에게 우리 존재를 알리고 싶은 마음에 사람들을 밀치고 무대 뒤로 향했다. 그녀 역시 유명한 그루피(가수를 따라다니는 소녀 팬-옮긴이)였기에 우릴 이해하지 않을까 싶었다. 5년 후, 그녀는 「오스틴 크로니클」의 내 담당 기자가 되었다. 그리고 내 기억에 마지막으로 그녀를 본 건 1996년이었다. 내가 토니를 떠나 보낸 뒤 죽음에 관한 책을 냈던 해였다. 그때 나는 어설픈 모습으로 오프라 쇼에 출연한 적 있었는데, 마침 방청석에 그녀가 앉아 있었다. 그녀의 첫 번째 남편은 게이였고 그녀의 아버지와 오빠도 마찬가지였기 때문에, 당시 쇼의 주제에 딱 들어맞았다. "젠장, 이 남자 동성애자인가 봐."

수많은 록 스타들과 잤던 그녀는 「오스틴 크로니클」에서 가십을 다루는 칼럼을 쓰며 작가로서의 경력을 시작했다. 그리고 최고의 음악 평론가 자리에 빠르게 올라섰다. 예순 살의 나이에 은퇴하기까지, 음악계의 수호성인이자 탐험대장, 역사가, 진행자로서 사랑받은 존재였다. 그녀는 아마 누구보다 화려하고 누구나 부러워할 만하면서도 가슴 아픈, 기나긴 죽음을 수행했다. 멀리 있는 사람들도 페이스북을 통해 지켜볼 수 있었다. 오스틴의 한 공원에 그녀의 이름이 붙었으며 그녀가 죽기까지 몇 달간 수많은 음악인들과 작가들이 헌사를 바쳤다(비평가 마거릿 모저를 일컬음-옮긴이).

그녀에겐 멋진 애인이 여럿 있었지만, 소중했던 마지막 연인은 오스틴 싸구려 식당의 웨이터인 스티브였다. 비록 그녀에게 병이 생기기까지 5분쯤 남았을 때 만났지만, 어쨌든 둘은 끝내주게 멋진 연애를 했다. 자, 그녀에게 마이크를 넘기겠다. *"2013년 초, 날이 추운 2월의 어느 날이었다. 난 내 남자 친구와 엄마에게 뭔가 문제가 생긴 것 같다고, 응급실로 가야겠다고 말했다. 다음 날 아침 바로 수술한 뒤 회복하고 나자, 현재 대장암 4기이며 더는 치료가 어려운 상태라는 진단을 받았다. 이렇게나 급작스럽게. 곧 죽음이 닥친다는 사실을 알고 있다니 참 잔인한 사치이다. 그러나 그 죽음이 어떻게 이뤄질지 알 수 있단 데서 기묘한 위안을 느낀다."*

*"음악에 대한 글을 쓰는 인생은 계획에 없던 일이었다. 하지만 어차피 아무 계획도 없었다. 오랫동안 농담처럼 말했지만, 난 뒷문으로 들어왔다. 그래서 정문으로 들어오자마자 내가 누굴 들여보낼 수 있을지 보려고 뒷문으로 달려간다."*

•

## 자발적 운동가
## 2013년 사망

내가 라디오 프로그램 〈우리가 숙고해야 할 모든 것들All Things Considered〉에서 토니의 죽음에 관해 언급한 뒤로 엄청나게 많은 위로의 카드를 받았다. 그중에서도 노트에서 뜯은 종이에 파란 잉크로 써서 접은 편지가 기억난다. 솔직한 감정을 그득 담아서 쓴 편지였다. 한 번도 만나 본 적 없는 그 여성에게는 아들이 있었는데 마약 중독으로 이른 나이에 세상을 떠났다고 했다. 그녀에게 답장을 쓰면서 지금 회고록을 쓰는 중이라고 귀띔했다. 그랬더니 그녀가 답장하길 자신은 문학 행사를 기획하는 중이라고 했다.

알고 보니 내 펜팔은 텍사스 북 페스티벌의 기획자였다. 편견 없이 열린 태도를 갖췄으며 현실적인 감각도 뛰어난 그녀는 또 아랑이 넓기로도 유명한 사람이었다. 이 페스티벌에서 『사랑이 먼저 오다First Comes Love』 낭독을 끝내고 나자 그녀는 누군가를 소개하겠다며 날 테이블에 앉게 했다. 그녀의 친구이자 페스티벌의 공동 기획자이기도 한 그 사람은 로라 부시(미 부시 대통령의 부인-옮긴이)였다. 로라는 올해 열다섯 번째 생일을 맞이한 쌍둥이 아이들에게 한 권씩 주겠다며 내 책을 구입했다. 이걸 계기로 로라 부시를 완전히 달리 생각하게 됐다. 내 책을 읽은 적 있는 사람이라면 나와 마찬가지일 것이다.

물론 북 페스티벌 운영은 대다수를 만족스럽게 한 일이었겠지만, 문학의 대의가 이 '자발적 운동가'를 독점하진 못했다. 야생화, 발언의 자유, 보건 의료, 공공 미술, 역사적 건물, 암 연구, 여성 및 소수자 진보가 지닌 대의와도, 그녀가 어머니처럼 보살핀 일군의 사람들과도 그녀를 공유해야 했다. 암이 일흔셋이 된 그녀를 빼앗아갔을 때, 모두가 상실감에 빠졌다.

한 작가는 자신의 십 대 아들이 어려움을 겪던 시절, 이 '자발적 운동가'에게 얼마나 물 흐르듯 자연스러운 도움을 받았는지 이야기했다. 물론 아이 문제는 사적인 영역에 속하지만 결국 어느 동네든 이래저래 얽혀 있는 좁은 세상이기 쉽다. 북 페스티벌에 참여한 작가와 '자발적 운동가'는 책을 낭독하러 가던 길이었다. 그런데 당시 행사장의 안내인은 어쩐지 스스럼없는 태도를 보이던 여성이었다. "아유, 안녕하세요!" 안내인이 큰 소리로 인사했다. "어찌들 지내요?" 작가가 멈칫하는 사이에 안내인은 자기만의 신나는 이야기를 시작했다. "USC랑 스탠퍼드에서 그 집 아들을 두고 싸운다네요! 빌리 아시죠? 걔가 라크로스를 한대요! 그나저나 작가님 애는 어때요?"

작가는 살짝 웃으며 말했다. "아직 자기 길을 찾는 중이에요."

"네?"

이때, '자발적 운동가'는 작가에게 팔을 두르더니 앞으로 걸어가기 시작했다. 그리고 어깨 너머로 이렇게 외쳤다. "요는, 엄마가 아들이 아직 자기 길을 찾는 중이라고 말할 때는 그 대화가 끝났다는 뜻이에요."

그녀는 단 한 문장으로 진정한 대화를 시작할 수도, 가짜 대화를 끝낼 수도 있는 사람이었다. 그게 시간을 관리하는 기술이다.

•

## 누구보다 미국적인 미국인
## 2014년 사망

성년이 된 이후의 삶 가운데 결혼한 시절보다 혼자인 시절이 더 길어진 지금, 나는 다른 집 남편들이 보여 준 친절한 순간들을 보물 상자에 모아 두고 있다.

"그 신용카드 넣어 둬요."

"우리가 20분 후에 데리러 갈게요."

"여성분들은 앉아 계세요, 설거지는 제가 하죠."

이 남편들 중 몇 명은 내 마흔 살 생일부터 이혼까지 모두 챙겨 줬고, 우리 집 지하실이 침수되었거나 우리 집 컴퓨터가 고장 났거나 비디오 형식이 호환되지 않을 때도 도왔고, 터무니없는 청구서가 날아오거나 악랄한 소송에 걸리거나 탐욕스런 사기꾼한테 당할 때도 내 편에 서 줬다. 그러나 아주 엄청나게 큰 문제가 생겼다. 내 아들들이 여섯 살, 네 살이던 해에 그 아이들의 아버지가 세상을 떠난 것이다.

이 비극의 와중에도 한 줄기 희망이 되어 준 사람들은 바로 프로급 수준의 대체 아버지들이었다. 식도락을 즐기는 기자 둘, 보수적인 변호사, 파티를 좋아하는 케이준 출신, 조울증이 있는(그러나 매우 다정한) 이웃, 그리고 텍사스의 스포츠 애호가. 야외 스포츠를 즐기던 그는 작은 마을에 살던 이탈리안 대가족 출신이었다. 또한 여전히 남학생 사교 클럽 멤버들과 모여서 축구하고 맥주를 마시곤 하는, 여전히 덩치만 큰 어린애 같은 사람이었다. 키 크고 피부가 까무잡잡하며 잘생겼던 그는 TV에서 그런 류의 남자 역할을 맡아도 될 뻔한 사람이었다.

그와 그의 아내는 흔치 않게도 서로 비난하지 않고 헤어졌다. 그때 우리 집 아이들은 유치원에 다니는 나이였다. 그는 두 블록 건너에 있는 곳으로 이사했다. 개울이 내다보이던 연립 주택 중 하나였다. 그의 아들과 내 아들, 그리고 삼총사 중 세 번째 멤버까지, 그들은 우리 집에서 그의 집으로 가는 원정길을 세심히 계획했다. 갈대밭을 지나고 육교를 건너 비탈길을 오르면 그의 집이었다. 그곳에는 스테이크와 시금치로 요리한 '남자의 저녁 식탁'이 차려져 있을 터였다. 독신남이 요리하는 작은 부엌의 선원 뽀빠이. 그러나 그건 오래가지 못했다. 일터에서 만난 매력적인 금발 여성이 있었던 것이다. 한번은 그가 약혼반지를 어떻게 해야 할지 터놓고 의논해 온 적이 있었는데, 상대 여성이 반지는 원치 않는다고 했다. 그 대신에 낚싯대를 선물하는 남자랑 결혼하겠다고 했다는 것이다. 이후 어느 날, 그는 회사 회식 자리에 스포츠용품 가게에서 가져온, 커다랗고 이상하게 생긴 가방을 메고 나타났다.

14년 후, 그녀는 히스토리 채널을 틀어놓은 채 안락의자에 앉아 있는 그를 발견했다. 화면에서는 전쟁터와 스페인 함대가 등장하고 있었다. 그는 쉰여섯이었다. 그리고 내 아버지가 돌아가셨던 방식과 똑같았다. 어두운 밤중에 심장이 제 본분을 잃은 것이다. 그때 그의 아들은 나의 아들과 마찬가지로 부모의 집에서 독립한 상태였다. 우리가 얼마나 운이 좋은지 알 만큼 적당히 나이 든 때였다.

•

## 정서적 의존 관계 전문가
## 2012년 사망

정서적 의존 관계 전문가, 그녀는 이렇게 자칭했다. 화려한 빨간색 머리에 알이 크고 까만 선글라스를 낀 모습으로 공항에 날 데리러 왔다. 책 홍보 투어의 일환으로 들른 베이 에어리어 지역이었다. 그녀는 매체에서 나온 안내인이 아니라 컨트리 록 스타에 더 가까워 보였다. 사실 둘 다 해당되긴 했다. 라디오 프로듀서이자 칼럼니스트였지만 한편으로는 밴드 '록 바텀 리메인더스Rock Bottom Remainders'를 조직한 장본인이었다. 이 밴드의 멤버는 스티븐 킹, 에이미 탄, 데이브 베리 등 유명 저자들이었다. 내가 이 밴드의 고고 댄서가 될 게 아니라면 왜 굳이 애써가며 책을 썼겠는가? 우리는 그날 아침 첫 인터뷰 장소로 가던 길에 에스프레소를 한 잔 마시기 위해 어느 가게에 들렀다. 그곳에서는 라틴 음악이 흘러나오고 있었다. "이것 봐요." 난 엉덩이 흔드는 능력을 보여 주겠다며 의자에서 폴짝 일어났다.

본래 매체 안내인이란 하루 동안 최고의 친구가 되어 주는 사람이다. 좋은 친구로 단 하루를 함께하면 그만이다. '록 바텀 리메인더스'는 메모리얼 데이 주말 동안 할리우드 팔라디움에서 열린 서점 관계자들을 위한 컨퍼런스에서 공연을 선보였다. 그런데 어쩌다 보니 내 투어 일정에 이 공연이 끼어들었고 난 결국 무대에 올라가 아까 언급했던 멤버를 포함해 로이 블라운트, 매트 그레이닝, 신시아 하이멜, 브루스 스프링스틴과 함께 공연했다. 그녀가 아니면 누가 날 위해 이런 일을 벌일 수 있었을까? 그런데 그녀는 날 위해 더 한 일도 해 주었다. 2년 후, 나는 새로운 책 홍보 투어를 시작했고 음식 전문 작가인 남자 친구와 함께했다. 그날은 마침 내 생일이었는데, 믿을 수 없는 일이 벌어졌다. 절친했던 친구가 갑자기 자살했다는 소식을 듣게 된 것이다. 정말이지 그날은…. 그러나 감사하게도 우리 곁에는 정서적 의존 관계 전문가가 있었고, 최고의 업무 능력을 갖춘 그녀 덕에 우리는 이 상황을 극복할 수 있었다.

그녀가 예순셋에 유방암으로 세상을 떠났다는 기사를 접하고 얼마나 충격적이었는지 모른다. 그녀의 예순셋이란 여타 사람들의 마흔에 버금갔다. 「뉴욕 타임스」 기사에 따르면 당시 그녀는 많은 작가들에게 둘러싸여 있었다. 그리고 탄과 배리, 안젤루, 콜린스가 전화기 너머로 '어메이징 그레이스'를 불러 주었다.

•

## 남부 출신의 작가
## 2012년 사망

어리둥절한 시절이던 1990년대 중반, 나는 출판사의 인도대로 초인종 달린 호텔 스위트룸에 머물면서 안내인들을 따라 이리저리 돌아다니고, 인디애나 블루밍턴에서 열리는 자선 기금 모임 같은 화려한 행사 자리에서 연설을 하곤 했다. 어느 봄날 오후, 나는 세 명의 또 다른 작가들과 함께 리무진 뒷좌석에 앉아 있었다. 여성 베스트셀러 작가, 유난히 정중했던 남부 미시시피 출신의 작가, 나와 비슷하게 젊은 신인 작가. 난 이처럼 성공한 동료 작가는 한 번도 만나 본 적 없었다. 나는 명성 높은 여성에게 하고 싶은 질문이 참 많았고 그녀는 친절히 답을 들려주었다. 그녀는 말했다.

올해도 책 홍보 투어를 다니느라 자신이 돌보는 백합들이 피어나는 광경을 놓치게 되었다고. 그녀는 절친한 사이인 마이클 코다에게 스케줄을 바꿔 줄 수 없냐고 부탁해 보기도 했다. 그러나 대작을 출판하기에 좋은 시기란 1년에 딱 한 번뿐이다. 내가 그녀처럼 유명 작가이자 이름이 셋인 딸에 대해 물었다. 그 딸은 그녀의 다섯 아이 중 하나였다. 유명 작가가 되기 전, 일찍 남편을 잃고 혼자가 된 그녀는 세계 이곳저곳을 돌아다니는 팬 암 항공사 승무원으로 일하며 아이들을 길렀다고 했다.

참 놀랍게도 라임색 양말을 신은 남부 출신의 작가와 매력적인 금발의 신인 작가 두 사람은 이 인터뷰가 이어지는 내내 완전한 포커페이스를 유지하고 있었다.

집에 돌아온 나는 곧장 '남부 출신의 작가'(작가 루이스 노던을 일컬음-옮긴이)가 쓴 책을 읽기 시작했고, 전에 본 적 없는 놀라운 문장들을 찾아냈다. 그는 이 책에서 미국 역사상 무엇보다 끔찍했던 사건을 되짚어 보고 있다. 에멧 틸이 린치당했던 마을에서 자란 그는 이 책이 출판되기까지 반세기에 달하는 세월 내내 이

사건을 곱씹었다고 한다(1955년 미시시피에서 열네 살 흑인 소년 에밋 틸이 잔혹한 폭행 후 살해당했고 백인 용의자들이 붙잡혀 재판을 받았으나 전원 백인으로 구성된 배심원들이 무죄를 선고한 사건-옮긴이). 이야기는 다양한 관점에서 다뤄지며 그중에는 죽은 소년의 시선도 포함되어 있다. 이 비극에는 기이한 유머 한 타래가 한데 엮여 있는데, 유머의 대부분은 그의 유쾌한 어법에서 비롯된다. 그가 쓴 글에서는 어떤 우울감이 풍겨난다. 그건 우울감과 똑같은 방식으로 작동해 악과 고통으로부터 아름다움을 건져 올린다.

그로부터 10여 년 뒤, 난 피츠버그의 입주 작가 프로그램(low-residency, 원격과 캠퍼스가 섞인 형태의 레지던시-옮긴이)으로 순수예술 석사 과정을 밟고 있었다. 그때 한 방문 작가가 휠체어를 밀면서 들어왔다. 난 눈을 찡그리며 그를 보고 생각했다. '잠깐만, 내가 아는 사람인가?' 그가 느릿하게 말했다. "매리언 위닉, 당신을 만나다니 정말 놀랍군요." 그는 예순다섯의 나이에 고통스러운 신경 질환을 앓으면서 신체적 손상을 입고 이르게 나이 든 모습이었다. 하지만 그의 태도는 어느 때 못지않게 따뜻했고 기억력은 나보다 확실히 더 나았다. 우리는 여전히 또 다른 문학 행사가 열리는 곳에 있었고, 그가 지적했듯, 집에 두고 온 백합들은 우리가 보지 못하는 사이에도 여전히 피어났다.

그가 세상을 떠난 뒤, 다른 작가들과 옛 제자들이 깊은 감정을 담아 쓴 추도의 글을 읽었다. 다들 그와 좀 더 많은 시간을 보냈어야 했다고 말했다. 그는 사십 대 중반 이후부터 책을 출간했는데도 내가 아직 읽지 못한 그의 책이 일곱 권이나 되었다. 우리의 관계는 이제야 진정으로 시작된 참이었다.

•

## 무도회장의 미녀
2012년 사망

나의 첫 번째 결혼과 두 번째 결혼 사이에는 초록색 큰 눈에 곱슬머리이고 내 시선을 사로잡는 콧수염을 기른 음식 전문 작가가 있었다. 어느 날 나는 친한 친구와 함께 이 남자의 장점과 단점을 따져 보고 있었다. 그때 친구의 어머니, 칠십 대의 나이에 아주 훌륭한 외모를 유지하고 있으며 몸에 두른 반짝이는 보석에 어울리는 두 눈을 가진 그녀가 목소리를 높였다. "잘생긴 남자잖아." 그녀는 짙은 텍사스식의 느릿한 어조로 말했다. "네가 원치 않으면 내가 데려와야겠구나."

젊은 시절 춤추는 걸 좋아했던 그녀는 꽤 괜찮은 남자들과 데이트를 즐겼다. 그때 그녀가 제일 즐겼던 일은 오스틴이나 샌안토니오까지 차를 몰고 가서 듀크 엘링턴이나 카운트 베이시를 보고 오는 일이었다. "내가 좀 제멋대로였지." 나중엔 그녀도 인정했다. "그래도 난 수준이 높았다고." 재미있게도 그녀는 스물한 살에 한 남자와 결혼하겠다며 경영대를 다니다 말고 돌아왔다. 그 남자는 훗날 내 친구의 아빠가 될 사람이었다. 당시 그는 춤도 전혀 못 췄고, 확실한 직업도 없었다. 하지만 그녀는 시내의 신용 조합을 넘겨받으려던 참이었기에 금전적인 면은 별문제가 되지 않았던 것이다. 하지만 무도회장의 미녀가 어떻게 춤을 못 추는 남자와 결혼했을까?

내 친구는 사춘기 초에 어렴풋이 눈치를 챘다. 친구는 아빠에게 섹스에 관한 이야기를 들은 적 있었다. 엄마가 일하러 나간 사이 양육의 대부분을 아빠가 책임지고 있던 때였다. 아빠가 상황을 설명하자 딸은 말했다. "듣기론 아플 것 같은데요." 아빠가 말했다. "아, 그래. 처음엔 그렇지. 근데 그다음에는 말이야, 네가 그 남자를 붙잡으려 방 안을 돌아다니게 될걸."

요즘 나와 내 친구는 우리의 어머니들을 위한 건배

를 즐겨했다. 두 어머니들도 건배를 즐겨했던 분들이다. 우리는 그분들의 패션 신념에 대해 논했다. 친구 어머니의 신념은 피부에 닿는 마지막 옷가지까지 챙기는 것이었다. 만약 그날 핑크색 드레스를 입었다면 확신해도 좋다. 그녀는 분명 핑크색 브래지어와 핑크색 슬립, 핑크색 팬티를 챙겨 입었을 것이다. 그녀는 잘 때 입는, 얇게 비치는 나이트가운만 서랍 하나 가득이었다. 심지어 구십 대가 되어서도 약간의 레이스나마 달리지 않은 파자마는 입지 않았다. 내 친구나 나나 옷을 제대로 갖춰 입은 적이 없어서 둘 다 각자의 어머니에게 똑같은 소리를 자주 듣곤 했다. 하지만 언제나 의견을 맞추기 어려웠던 까다로운 여성이 내가 이룬 결과에 감탄하고 칭찬을 할 때면 어떤 기분이 드는지는, 우리 둘 다 알고 있다. 핑크색 실크 란제리는 당신의 영혼을 위한 것이었어요.

•

목장 주인

2012년 사망

텍사스 주를 향한 열렬한 마음이 텍사스 땅덩어리만큼 커질 수 있었던 건 1976년 즈음의 오스틴 덕이었으며 더불어 1988년에 찾아갔던 오데사의 넓디넓은 별장 덕이었다. 그곳은 나의 좋은 친구가 토니와 나, 우리의 6개월짜리 아이까지 모두 데리고 가 준 그녀의 어머니 집이었다. 우리 넷은 친구의 BMW에 몸을 싣고 여섯 시간을 달려 그곳에 도착했다. 친구의 가족은 대대로 소목장을 운영하고 있었으며 어머니가 6대째였다. 또한 퍼미안 분지에 제법 넓은 땅을 소유하고 있었다. 그중 꽤 상당한 부분을 대학 설립 부지로 기부한 적 있는데도 여전히 넓었다. 내 친구가 어릴 적 살았던 그 집은 아름답고 편안한 분위기의 가정집이었다. 미 북부에 있는 집들처럼 지나치게 정돈된 형태는 아니었다. 이 집의 2층에는 복층 공간이 나 있었다. 친구의 세 오빠가 그곳에서 카우보이 가죽 바지를 입고 장난감 총을 들고 뛰어다녔을 모습이 눈앞에 그려졌다.

우리는 얼른 기저귀 벗긴 아들을 뜨거운 물이 담긴 욕조에 넣어 주고 싶어서 참을 수가 없었다. 헤어스타일과 옷차림이 완벽했던, 그러나 약간은 친근감이 느껴지는 어리숙한 면이 있었던 친구 어머니는 그런 우리의 반응에 놀라워했다. 그러다 나중에 상황을 확인하러 온 어머니는 뒤로 넘어갈 듯 즐거워했다. "어머, 얘 좀 보렴!" 어머니는 커다란 갈색 눈을 깜빡거리며 외쳤다. "진짜로 헤엄치고 있잖니!" 그날 이후 20년이 흐르는 동안 어머니는 내 아들 이야기가 나올 때마다 매번, 그렇게 똑똑한 아이는 본 적이 없다며 흐뭇하게 지난날을 추억했다.

나는 텍사스, 이 외로운 별의 주Lone Star State를 사랑했던 만큼이나 친구네 가족을, 그들의 이야기, 말투에 깃든 억양, 요리, 관대함, 옷과 가구와 예술을 보는 탁월

한 취향을 모두 사랑했다. 한동안 나의 가장 큰 기쁨은 친구와 그녀의 어머니가 매년 열정을 쏟아가며 게이지 호텔에서 여는 생일 파티에 초대받는 일이었다. 우리는 이틀간 빅 벤드 국립공원의 경계에 가까운, 어딘지 알 수 없지만 더없이 멋진 야외 공간에서 이틀 동안 마르가리타를 마시고 멕시칸 음식을 먹으며 별빛 아래서 춤을 추었다.

이러한 종류의 슬픔을 받아들인다는 건 내겐 너무나 힘든 일이다. 아마 그게 그녀가 하는 일이었을 것이다. 2년 간격으로 두 아들을 땅에 묻고, 남은 모든 걸 빼앗아가는 몹쓸 병으로 그토록 오랫동안 고생하고. "쉬잇, 다들 조용히 해 봐요." 그녀가 말한다. "여기 와서 저 석양을 좀 봐요. 이제껏 본 어느 하늘보다도 아름답지 않나요?"

•

## 신부의 아버지
## 2012년 사망

그는 늘씬하고 곧은 몸으로 검정 턱시도를 갖춰 입은 채 미소를 짓고 있다. 그녀는 풍성한 오간자 드레스에 감싸여 있다. 그녀의 하얀 손이 하늘로 향한 그의 손바닥 위에 놓인다. 두 사람은 그녀가 글자를 읽기도 전부터 이 춤을 연습했다. 두 사람으로부터 오른쪽으로 떨어진 자리에 젊고 멋진 남자들이 보타이를 매고 남성 사중창단처럼 서 있다. 두 팔을 쭉 뻗고 입을 활짝 벌린 채. "당신을 두 팔에 안고 텍사스를 누비며 왈츠를 춰요, 당신과 함께 텍사스를 누비며 왈츠를 춰요('왈츠 어크로스 텍사스Waltz Across Texas' 가사 일부-옮긴이)." 부토니에를 단 남자는 방금 그녀의 남편이 된 사람이다.

저 결혼사진은 내가 소프트웨어 회사에서 그녀를 처음 만났던 때부터 이미 그녀의 집 거실 안 그랜드 피아노 위쪽 벽에 그림이 되어 걸려 있었다. 결혼식에 참석한 이슬람 법률가 뒤에서 그녀는 완벽한 포즈를 취하고 있었다. 그녀는 영민했으며 친절하면서도 엄격한 성격의 소유자였다. 남편은 그다지 겸손한 편은 아니더라도 뛰어난 작가였으며 풋볼 경기를 볼 때면 집에 틀어박히는 사람이었다. 부부의 집에서는 멋진 파티가 자주 열렸다. 그러나 그들의 결혼생활은 휴스턴 오일러스 풋볼 팀만큼 운이 좋지 못했고, 오래지 않아 우리는 태미 와이네트의 노래 '이혼D-I-V-O-R-C-E'에 맞춰 춤추게 되었다. 딸의 결혼식에서 춤을 추었던 아버지는 딸의 이혼 파티에서도 춤을 추었으며, 딸의 두 번째 결혼식에서도 춤을 출 터였다. "얘야, 네가 행복할 수 있다면 뭐든 상관있겠니. 앞으로 쭉 나아가렴."

친구 아버지는 지금은 사라진 마을인 텍사스 주 콘크리트 출신이었다. 성장기의 그는 독일어로 말했고, 목화를 땄고, 밭을 갈았고, 말을 타고 학교에 갔다. 그리고 트럭의 시동을 걸기 위해 사이펀으로 트랙터의 휘발유를 꺼내 트럭으로 옮겨 담았다. 그의 어머니는 여성이 흔히 걸리는 암에 걸려 세상을 떠났다. 당시 그의 나이는 열네 살이었고, 카우보이모자를 쓰고 다닐 만큼 다 자란 후에도 여전히 어머니가 세상에 없다는 사실을 떠올리며 눈물을 흘렸다. 그즈음의 그는 누굴 만나도 어떤 이야기든 나눌 수 있었고, 노새를 팔았고, 포커 게임에서 이겼고, 친근감의 표현으로 모든 지인들의 이름을 틀리게 발음했다. 그는 세 딸에게 춤을 가르쳤는데, 그중 막내가 내 친구였다.

"어떻게 추는지 몰라." 친구가 투스텝을 추자며 내 손을 잡았을 때 처음엔 저항했다. 친구는 코웃음 치며 날 무대로 이끌었다. 살랑살랑 몸을 흔들기나 하는 가망 없는 동부 사람인 내가 그 친구 같은 사람과 춤을 춘다는 건 움직이는 나무를 부둥켜안은 거나 다름없었다. 그들이 무릎을 굽혔다가 휙 돌았다가 하는 대로 그저 그 나뭇가지를 붙들고 매달리는 수밖에 없다. 저 그림 속 풍성한 오간자 드레스 자락에 속지 마라. 저 친구는 아버지의 몸짓을 그대로 다 갖추고 있다. 아버지는 딸이 자신을 따르도록 훈련하면서 동시에 상대를 리드하는 법까지 가르쳤다.

•

## 여인의 초상
## 2017년 사망

"어머니는 폭력을 끔찍이 싫어했어." 텍사스 동부에 사는 내 친구는 이렇게 운을 뗀다. "아마 어머니 인생 최고의 연인이었던 첫 번째 남편이 제2차 세계 대전에서 목숨을 잃었기 때문일 거야. 그리고 어머니의 두 번째 남편, 내 오빠의 아버지였던 사람은 어머니의 이를 부러뜨렸어. 그리고 어머니보다 열 살이 더 많은 내 아버지는 알코올 중독인 바람둥이였지. 너도 알지, 빵 한 덩이 구하러 나가서는 화요일에나 돌아오는 부류의 사람."

친구는 이야기를 계속 이어갔다. "난 네 살이었고 오빠는 열다섯이었던 그날 밤, 아버지는 킬고어의 한

싸구려 술집에서 창녀 둘을 데리고 나왔지. 그 둘은 아버지에게 파티에 가야 하니 댈러스까지 태워 달라고 졸랐어. 그리고 둘은 아버지의 현금과 차를 훔쳐서 달아났고 아버지는 고속도로 한구석에 내던져졌어. 아버지는 인근의 집까지 걸어가서 전화를 쓰게 해 달라고 부탁했어. 그런데 아버지의 전화를 연결해 주는 교환원이 알고 보니 아버지의 조카였어. '무슨 일이세요, 칼 삼촌?' 조카가 물었어.

'나 술집에서 만난 놈들한테 댈러스 고속도로에서 돈 털렸어. 라스한테 나 데리러 오라고 해.' 라스는 아버지의 쌍둥이 형제야. 아버지는 어머니에게 제재소에서 싸움이 났다고 말하려던 계획이었어. 하지만 집에 돌아왔을 때는 이미 늦었지. '당장 꺼져.' 어머니가 말했어.

'저기, 주디.' 아버지가 침착히 말했어. '나 샤워해야 돼. 저녁도 먹어야 되고.'

어머니는 22구경 권총을 집어 아버지를 향해 겨눴어. 오빠는 날 붙들고 몸을 숨길 곳을 찾아갔지. 나중에 오빠가 그러는데, 나는 매번 총을 든 사람 뒤에 있으려고 했대. 총 한 발이 발사되었고, 총알은 냉장고 위쪽 벽에 박혔어.

'알았어, 알았어.' 아버지는 말했어. '나 샤워장에 있을게.'

2년 후, 아버지는 심장마비로 세상을 떠났어. 그 후에 어머니는 짐과 결혼했지. 짐은 50여 년간 절대로 어머니에게 손대지 않았어. 어머니는 평생 자기 앞치마에 권총을 넣고 있었는데, 그냥 침입자가 나타날 경우를 대비했을 뿐이야. 내가 아는 한 살아 있는 생명을 향해 총을 쏜 적은 한 번도 없어. 어머니는 간호사였고, 동물을 사랑하는 사람이었어. 매일 아침이면 도자기 잔에 담긴 커피를 들고 개들과 함께 나와 동네 개울가를 따라 걸었지. 아니 어쩌면 라마, 소 몇 마리, 닭 한두 마리도 함께했을 거야. 어머니는 앵무새야말로 가장 사회성이 뛰어난 새라고 말했어. 그리고 어머니가 가장 바라보기 좋아한 새는 왜가리였지."

친구와 친구의 오빠는 어머니가 세상을 떠난 뒤, 마지막으로 동네 개울가를 따라 걸었다. 두 사람은 도자기 잔을 들고 걷느라 자꾸만 발을 헛디뎠다. 친구는 그곳을 떠나며 도자기 잔을 나무에 걸어 두었다.

•

## 통계
## 2018년 사망

텍사스 동부 출신의 내 친구는 자신의 어머니가 세상을 떠난 직후부터 몇 달간 정말이지 호된 시간을 보냈다. 오랜 친구 하나가 자살했고, 또 앤 리차즈(전 텍사스 주지사-옮긴이)의 연설문 작성가로 일했던 정력적인 친구 하나는 암 치료를 성공적으로 해 가다 결국 세상을 떠났다. 이어진 일격은 훨씬 가혹했다. 내 친구가 매일같이 보았던 직장 동료, 같은 텍사스 동부 출신이었으며 나중에는 더 가까운 사이가 되었던 사람.

그는 원래도 제멋대로 구는 아이 같은 면이 있었다. 그런데 최근에는 회식 자리에서 자제력을 잃는 모습까지 보이곤 했다. 그의 나이 마흔이었고 그에겐 두 아이와 사랑하는 일이 있었다. 그는 좋아하는 사람들을 위한 일이라면 서슴없이 나섰으며, 모든 사람들에게 관심을 가졌다.

남자들끼리 모여 프렌치 쿼터에 집 하나를 빌려 총각 파티를 열기로 했다. 여기저기 술집을 돌아다니는 것으로 긴 하루를 시작했다. 누군가가 아는 사람의 또 아는 사람이 코카인을 살 수 있다고 했다. "옛날 기분 좀 내 볼까." 그들 중 세 사람이 클럽을 나와 빌려 둔 집으로 갔다. 한 사람이 응접실에서 딜러를 만나는 동안 '제멋대로 구는 아이'와 다른 남자 한 명은 밖에서 기다렸다. 거래는 성공했고 딜러는 떠났다. 거래를 마친 남자는 친구들을 부르기 전에 살짝 맛을 보았다. "어, 이런." 그는 서둘러 현관 밖으로 뛰쳐나가 거리를 내달렸다. 딜러가 멀리 도망가기 전에 잡아야 했다. 거래한 봉투는 그대로 부엌 조리대 위에 두고 나왔다.

그가 다시 집으로 돌아와서 보니, 바닥에 두 몸뚱이가 누워 있었다. 열세 시간이 지난 다음에야 혼수상태에 빠졌던 남자 하나가 정신을 차렸다. '제멋대로 구는 아이'는 영영 깨어나지 못했다. 내 친구는 작별인사를 하러 뉴올리언스로 향했다. 의사는 펜타닐(코카인보다 훨씬 값싸게 봉투 하나를 채울 수 있는) 때문에 사망하는 사람이 이 병원에서만 매달 열다섯 명에 이른다고 말했다.

어떻게 그만두라고 말할 수 있겠어요?

그래요. 못하죠.

•

## 칼의 두 가지 실수Two Slips of the Knife

2008년, 2012년 사망

두 사람을 하나로 묶어서 이야기하는 나를 용서하십시오. 마치 내가 이 이야기를 꾀어내어 아주 작은 우리 속에 모두 집어넣고 문을 잠근 뒤 도망가는 듯한 기분이네요. 이것은 고속도로에서 일어난 일이며, 날씨와 큰 차, 작은 실수들이 모여 그녀를 영영 데려간 이야기입니다. 선한 마음을 지녔던, 찬란히 빛나던 우리의 소중한 소녀 말입니다. 한 명의 소녀는 당시 열여섯 살이었고 생일 파티에 가던 길이었습니다. 사랑스럽고 솔직한 철학자이자 말괄량이였던 그녀는 여름캠프와 골프를 무척 좋아했습니다. 또 한 명의 소녀는 스무 살이었고 직접 차를 몰고 쇼핑몰의 프란체스카스에 일하러 가던 길이었습니다. 몬태나로 이사할 돈을 모으는 중이었죠. 그녀는 예술가였고 개를 사랑했으며 열정적인 환경운동가였습니다. 더불어 가족에게 사랑받는 막내였죠. 두 소녀가 다 그랬습니다. 그리고 두 소녀의 어머니들 중 하나는 텍사스에 사는 내 언니 같은 엄마였고, 다른 하나는 피츠버그에서 예술 석사 과정을 밟고 있는 내 학생이었습니다. 두 어머니는 당시에 같은 전화를 받았습니다. 할 수 있는 게 없었다고 말하는 전화.

할 수 있는 게 없었던 순간이 지나가고, 할 일이 들이닥쳤습니다. 사람들은 메시지를 보냈고, 전화를 걸었고, 칠리 소스를 한 냄비 끓여 주었고, 스콘 몇 박스를 사다 주었습니다. 집 안의 가구를 안쪽으로 밀어놓았고, 플라스틱 컵에 포크와 스푼을 채워 두었습니다. 약국에 갔고, 비행기 표를 예매했고, 사진들을 훑어보았습니다. 휴지를 사러 갔고, 구겨진 휴지를 주웠고, 비둘기처럼 흰 휴지를 상자에서 뽑았습니다. 어떤 사람들은 하던 대로 자기 일을 했습니다. 사건을 수사하는 일, 꽃을 배달하는 일 같은 것들. 마침내 모든 상황이 종결되고, 모두 돌아갔습니다. 다치지 않은 자기 아이들에게로, 본인의 익숙한 업무로, 가벼운 대화로, 티셔츠조차 인생은 아름답다고 외치는 세계로.

아, 내가 사랑하는 여자들, 내 진정한 친구들! 꽃병이 부서지고 뼈가 부러지고 자동차가 찌그러지듯, 무너져 버렸지. 완전한 회복은 불가능하고 아예 그럴 희망조차 사라질 만큼 무너져 버렸지. 그래도 말이야, 충분히 오래 기다리다 보면 어떻게든 고통은 잦아든다더라. 아주 조금씩, 아주 천천히, 한 번에 한 단씩. 내가 그 자리에 있을게, 맹세해. 내 눈으로 보고 싶거든.

## 늙은 난봉꾼
## 2017년 사망

텍사스는 텍사스 출신의 전설들을 사랑한다. 그리고 그는 텍사스의 전설적 인물로 유명하다. 석유 마을 텍사스 주 로열티 출신인 그는 편파적이며 왜곡된 기사를 열심히도 써내던 저널리스트였고, 특히 스포츠계 인사와 스트리퍼에 관한 기사로 유명했다(저술가 게리 카트라이트를 일컬음-옮긴이). "*그녀는 브라운우드에 있는 집으로 가는 길이었다. 그녀가 탄 74년식 녹색 캐딜락에는 주문 제작한 시트가 덧씌워져 있었고 CB 무선기가 달려 있었다. 캔디 바는 3000달러짜리 밍크 외투를 맡기고 받은 전당표를 손에 꼭 쥐고 있었다. 그녀는 비스킷에 관해 생각했다.*" 그는 심장마비를 겪고 살아

돌아온 뒤에, 심장마비란 "마치 곰이 내 가슴 위에 앉아 스포츠 기사를 읽고 있는 느낌"이었다고 설명했다.

그를 만나기 전에도 그의 기사는 읽은 적 있었다. 그러다 베니스에서 열리는 결혼식에 참석하러 갔다가 그를 만났던 게 그에 관한 유일한 기억이다. 그때 그는 본인도 모르는 사이에, 내 인생을 바꾼 어느 한순간에 기여했다. 함께 만났던 그의 세 번째 부인은 부동산 중개업자였다. 그녀는 텍사스에 있는 내 마지막 남은 주거지가 팔리도록 도와줄 사람이었다. 그리고 당시 나와 함께 있던 남자는 내가 모든 걸 버리고 펜실베이니아로 가게 만든 사람이었으며, 나는 그저 사랑이라는 몽상에 빠져 있었다. 그런데 베니스에서 돌아오는 길에 잠시 대기하던 중, 애인은 호텔 술집에서 내가 그 기자에게 작별 키스를 했던 일을 상기했다. 애인은 그 늙은 남자의 눈이 반짝거리는 걸 봤다며, 그게 어떤 의미인지 대충 짐작된다고 말했다. 오, 이런. 그건 우리의 결혼생활이라는 시계가 이미 재깍재깍 흘러가고 있다는 의미였다. 우리를 옥죄게 될 덩굴의 첫 싹은 이미 돋아나 있었다.

그렇다고 해서 그 기자가 문제가 아니었단 말은 아니다. 그의 세 번째 아내와 가장 친했던 친구의 말에 따르면 그는 좋은 남편이 못되었다. 그는 네 번째 아내가 떠나자 결국 식기세척기 사용법을 배워야 했다. 그러다 나이 팔십 대 초반에 접어든 어느 날, 욕실에서 나오다가 넘어졌다. 그 자리에 그대로 누워 있다가 나흘 만에 발견되었으며 병원으로 옮겨지고 일주일 뒤에 세상을 떠났다. 스티로폼 컵에 테킬라를 담아 마시고 있던 늙은 친구들에게 둘러싸인 채였다.

이 마지막 자체가 꼭 그가 썼을 법한 이야기처럼 느껴진다. 흥미롭게도 최근 그의 담당 기자가 그에게 '죽음 일기'를 써 보라고 권한 적이 있다고 한다. 그가 세상을 떠나고 나면 잡지에 연재될 일기인 셈이다. 최후의 작별인사, 죽음이 드리운 명예. 그러나 이 노련한 기자는 이 계획이 지닌 결점을 잡아냈다. "그럼 나한테 원고료는 어떻게 주려고?"

•

## 네 아이의 엄마
## 2008년 사망

두 번째 결혼으로 나는 텍사스 주 오스틴에서 시골 펜실베이니아로 옮겨갔다. 20년간 묵은 우정과 학교에 이웃한 집을 떠나 한 장소에 은둔해 사는 남편 곁으로 갔다. 이곳은 꽤 고립된 지역이어서 나는 아이들을 버스 정류장까지 차로 데려다주어야 했다. 여기서 그가 아는 사람들이라곤 예전에 이웃에 살던 사람들뿐이었고, 그나마 그들을 알게 된 계기도 그때 그 집 창고에 불이 났다는 사실을 말해 주러 가야만 했기 때문이다. 그 집 가족은 모두 여섯 명이었고 이 동네에 오래 산 사람들은 아니었다. 이것은 그들이 친척이 아닌 사람들과 사귀며 지낸다는 뜻이며 내가 만든 매운 태국

식 국수를 먹어 보길 두려워하지 않는다는 뜻이었다. 나중엔 내 아들과 그 집 아들이 함께 밴드를 결성했고 나는 이후 6년간 그 집 부엌에 앉아 많은 시간을 보냈다. 우리는 둘 다 엄마였고, 둘 다 샤르도네 와인을 사랑했다.

우리의 우정에는 상식에 맞지 않는, 의아한 마법 같은 면이 있었다. 나보다 여섯 살 어렸고 손톱과 메이크업이 완벽했으며 맞춤복 바지를 입고 다니던 그녀는 마치 1960년대 스튜어디스나 꿈 많은 1학년 담임 선생님 같았다. 가톨릭 신자이자 공화당 지지자이며 낙태 반대론자였던 그녀는 스무 살 언저리에 결혼해서 첫 아이를 낳았다. 그녀가 사람들에게 우리는 마치 자매 같다고 말할 때면 나는 뿌듯한 기분에 얼굴이 붉어졌다. 우리는 그루피들처럼 좋아하는 밴드를 따라다니며 유쾌한 시간을 보내기도 했다. 티셔츠를 입고 공연장에 간 우리는 허리와 무릎이 여러모로 부실한 탓에 몸을 살살 흔들곤 했다.

그녀의 허리 통증은 결국 수술로 이어졌으나 수술로도 소용없었다. 그런데 알고 보니 허리 통증에는 신장암이라는 원인이 숨어 있었다. 그때쯤엔 이미 몇 달을 병상에서 보냈고 이젠 너무 늦은 상황이었다. 내 어머니는 뉴저지에서 목숨이 위태로웠고, 내 결혼 생활은 자유낙하 중이었고, 마흔셋밖에 안 된 내 친구는 죽음을 눈앞에 두고 고통스러워하고 있었다. 이 세계에서는 샤르도네 와인도 진통제 하이드로콘도 만족스럽지 못했다. 나는 닥치는 대로 타이 국수와 소고기 찜과 스파게티를 만들어 계속 차로 실어 날랐다.

엄마로 살아간다는 것은 결국 쥐었던 걸 내려놓아야 하는 수많은 순간들로 이루어진다. 그걸 친구는 너무나 느닷없이 이르게, 상상할 수도 없고 불가능한 방식으로 해내야만 했고 어쨌든 그 순간은 닥쳐왔다. 장례식을 마치고 8년이 흐른 어느 날, 나는 친구의 딸 결혼식장에 가서 한자리에 모여 있는 어여쁜 남매들의 모습을 보았다. 나 없는 이 세상이 어떻게 지속될지, 이보다 더 명확히 깨달을 수 있었던 순간은 없었다.

•

결혼식 들러리
2009년 사망

매리언에게

이 이메일을 쓴 이유는 당신과 당신 전남편의 제자였던 내 아들의 소식을 전하기 위해서입니다. 그는 지난 8월 17일 자정 즈음, 버몬트 주 그랜드 아일의 챔플레인 호수에서 보름달 아래 카누를 타다가 익사했습니다. 앞서 여동생 결혼식에서 들러리 역할을 했던 날이었습니다.

호수의 작은 만에서 열린 야외 결혼식은 더없이 아름다웠습니다. 식이 끝난 뒤, 그곳에서 가까운 거리의 아담한 집에서 여자 친구와 함께 살고 있었던 아들은 친구 둘을 자기 집으로 초대해 함께 밤을 즐기기로 했습니다. 우리는 아들과 친구들이 술을 많이 마신 상태라면 차로 데려다주려고 했습니다. 하지만 아들은 취하지 않았습니다. 결혼식 들러리로서 진지하게 책임을 다했던 겁니다. 우리는 집에 도착하면 연락해 달라고 계속해서 일렀습니다. 부모들이 다 그렇듯 말입니다.

아들은 호텔로 전화했고 제가 받았습니다. 그리고 저는 친구들과 즐거운 밤을 보내고 아름다운 보름달도 확인해 보라고 말했습니다. 모든 일이 잘 풀렸구나 생각하며 잠자리에 들었습니다. 새벽 1시쯤, 아들의 여자 친구가 격앙된 상태로 전화를 걸어왔습니다. 보트가 뒤집어졌다는 그녀의 말을 듣자마자 좋은 결과가 있긴 힘들겠구나 직감했습니다. 우리는 32킬로미터를 되돌아 운전해 갔고, 섬에서 길을 잃었고, 새라는 계속 울며 전화했습니다. 마침내 도착한 그곳에는 온통 불빛으로 가득했습니다. 앰뷸런스, 경찰, 언론, 헬리콥터, 해안선을 따라 계속 오고가는 보트들…. 새벽녘에는 잠수팀이 도착했습니다.

오늘 저는 아들의 인생에서 중요했던 사람들, 그에

게 무슨 일이 벌어졌는지 알고 싶어 할지도 모를 사람들을 기억해 내고자 노력했습니다. 아들에게 펜 스테이트 해리스버그 대학교에서 보낸 2년은 맥없이 지루한 시간이었습니다. 두 분, 그리고 예전에 아들이 일했던, 포코 산 위에 있는 핫윙 가게의 주인 분과의 기억만 빼면 말입니다. 그분은 이제 버몬트 주에서 여동생과 살면서 '매직 햇'이라는 맥주 양조장의 주인이 되었습니다. 그분이 사랑했던 일이죠. 그분들은 제 아들도 사랑해 주셨어요. 듣기로 아들이 양조장에서 신던 부츠를 청동처럼 광택 내서 가게에 전시해 둘 계획이라고 합니다. 매리언, 당신이 제 아들을 기억하실지 모르겠습니다. 하지만 알려야 할 것 같았어요, 기억하실 수도 있으니.

•

## 어린 새
2016년 사망

막내를 임신했을 때 나는 마흔두 살이었고 외딴 동네의 넓은 집으로 이제 막 이사 온 참이었다. 가족들 모두 각자의 삶을 살아가는 동안 임신 중이던 나는 친구도 없이 우울한 채로 지냈다. 물론 막내딸이 태어나고 잠시 생기를 되찾기도 했다. 그러다 곧 아기를 돌봐줄 보모가 간절해졌다. 채소 가게 게시판에 붙여 둔 내 광고지의 '아름다운 금발 아기'라는 문구는 자기가 끄는 카트에도 똑같은 아기가 있던 한 엄마의 관심을 끌었다. 키가 큰 그녀는 더운 날의 물 한 잔처럼 확 끌리는 사람이었으며, 말이 많은 텍사스 출신의 금발머리였다.

그렇게 아름다운 금발 아기 둘은 한 쌍의 짝꿍이 되어 그녀의 보살핌을 받았다. 그녀는 활력이 넘쳤고 말하는 장난감과 조각으로 자른 사과와 놀이터 미끄럼틀에 열정적이었다. 이런 모습은 둘째 아이를 임신한 다음에도 변함없었다. 그녀는 아이들에게 채소가 등장하는 기독교 동화책을 읽어 주었고 저 길 아래에 있는 교회의 놀이 학교에도 아이들을 데려갔다. 그녀의 딸은 세 살부터 키가 크고 마른 체형이었고 일찌감치 장난꾸러기 자질을 드러냈다. 요새를 만든답시고 온갖 이부자리들을 어지럽히거나, 눈을 내리게 한다고 2층 난간에서 땀띠용 파우더를 뿌리거나, 새롭게 고친 욕실의 샤워커튼 봉에 매달려 체조하거나.

아이들이 열한 살이 된 즈음에 두 집 모두 동네를 떠났고 그녀와 나는 단체 문자나 크리스마스 기념사진을 주고받는 정도의 사이로 남았다. 그러던 어느 날, 우리는 병원 대기실에서 보내온 이메일을 받았다. "딸은 *이제 대부분의 시간을 반다나를 두른 채로 지내요. 집에 있을 때도요. 그걸 벗으면 마치 어린 새 같아요. 꼭 아기 때로 되돌아가고 있는 것처럼요. 나와 존 말고는 딸의 머리카락을 본 사람이 아무도 없었던 그때로*

*요. 딸이 허락한다면 CT 검사가 끝난 뒤에 병원 미용실에서 머리를 다듬어 주려고요. 아마도 딸은 그냥 집에 가고 싶을 뿐이겠지만요."*

아주 가끔씩은 희망을 엿보기도 하면서, 5년간 치료를 이어갔다. 제대로 된 십 대 시절을 맞이할 수야 없었지만 어쨌든 아이가 세상을 떠난 나이는 열여섯 살이었다. 어둡고 텅 빈 듯한 몇 달여의 시간이 지나고, 아이의 엄마는 다시 베이비시터 일을 시작했다. 이웃에 사는 어린 아이들을 데리고 신나는 야외 놀이를 하고 퍼즐을 맞췄다. 내게 더 이상은 여러 통의 이메일을 보내지 않지만, 작년 크리스마스에는 카드를 보내왔다. 카드에는 이제 열네 살이 된 그녀의 아들이 누나의 사진을 들고 있는 모습이 담겨 있었다. 사진 속 아이의 모습은 꼭 어린 새 같다. 이제는 예전처럼 진한 금발이 아닌, 나의 '아름다운 아기'가 우편함에서 이 카드를 꺼내왔다. 두 눈을 반짝이며.

•

## 몬테소리 선생님
## 2014년 사망

센트럴 펜실베이니아에 있는 기독교계 유치원으로 딸을 보낸 지 1년이 되었을 즈음, 제이코버스에 몬테소리 학교가 있다는 사실을 알게 되고 매우 기뻤다. 그 근처에 아미시 신도가 운영하는 정육점과 낚시 전문점이 있다는 점도 눈에 띄었다. 이 학교는 모녀가 공동으로 운영하고 있었다. 모녀라니 흥미롭지만 어쨌든 의외인 한 쌍이었다. 둘 중 어머니는 단정한 금발에 모직 정장을 입은 모습이었고 '핑크 타워'라는 특별한 블록 세트를 활용해 유아들에게 분수를 가르쳤다. 딸 미스 낸시는 키가 엄마보다 30센티는 더 컸고 부드러운 인상이었으며 짙고 풍성한 곱슬머리와 이탈리아 영화

배우 같은 눈을 가졌다. 미스 낸시는 내 딸과 동갑인 아들이 있었는데 특수 교육이 필요한 아이였다. 그녀는 분명 세상 누구보다도 보살핌에 능한 사람이었다.

"T, T, TLC. 몬, 테, 몬테소리! 우리는 모, 든, TLC 몬테소리 사람들을 사랑해." 난 직접 학교에 관한 긴 노래를 하나 작곡해 잠자리에서 딸에게 불러 줬다. 담임 선생님과 보조 선생님, 친구들을 위한 가사들도 덧붙였다. 날 끊임없이 작동하는 투덜이 기계로 만든 이 동네에서 노래할 만한 것을 찾아내다니 이 얼마나 기쁜 일인지.

우리가 이 동네를 떠나고 얼마 지나지 않은 때, 미스 낸시의 남동생이 오토바이 사고로 목숨을 잃었다. 그들의 어머니는 무기한 휴직을 택했다. 미스 낸시는 그대로 일했다. 하지만 그로부터 6년이 흐른 어느 저녁, 미스 낸시는 퇴근하고 집에 도착해서는 서둘러 안으로 뛰어 들어갔다. 전화벨이 울렸던 걸까? 방광이라도 터질 듯 급했을까? 아이가 코피를 흘렸을까? 그런데 어쩌다 보니 그녀가 타고 온 차는 시동이 켜진 채 차고에 그대로 있었다. 무색무취의 일산화탄소 가스가 서서히 집 안까지 퍼졌다. 그녀와 아들은 아마도 두통에 시달리며 잠자리에 들었을 것이다. 다음 날 아침, 두 사람은 침대에서 사망한 채 발견되었다. 각자 강아지 한 마리씩을 데리고. 그 후 어머니의 행적은 나도 알지 못한다.

핑크 타워의 활용법을 찾아본 적이 있다. 핑크색 나무로 만든 정육면체 열 개로 구성되어 있으며 각 정육면체는 자연수의 세제곱, 즉 1, 8, 27, 64 등의 형태로 부피가 늘어난다. 아이와 수업을 시작할 때는 일단 보여 줄 게 있다고 하자. 그리고 이렇게 말하자. "이 수업을 하려면 매트가 필요해." 아이가 매트를 가져오면 넓게 펼친다. 그런 다음 핑크 타워를 보여 주며 이렇게 말하자. "이건 핑크 타워야."

이건 핑크 타워예요. 어린 아이들도 쉽게 이해할 수 있죠.

•

## 외교관의 아내
## 2008년 사망

내 두 번째 남편의 어머니는 배우이자 작가였다. 그분은 남편과 나를 이어 준 계약 그 이상으로 오랫동안 내 인생의 한 자리를 지키고 있다. 지금은 버지니아 주 래퍼해녹 카운티의 블루리지 산맥 인근에서 살고 계신다. 1970~1980년대를 돌아보면 이 지역의 농부들은 워싱턴 D.C.에서 은퇴하고 온 사람들, 미 외교국을 거쳐 망명한 사람들, 예술가와 장인, 희끗해진 머리를 염색하지 않은, 유행과는 거리가 먼 중년 여성 등으로 이루어져 있었다. 어머니가 가까이 지내는 흥미롭고 독특한 사람들 중에 한 여자는 세 그룹 모두에 해당되었다. 외교관의 아내였으며, 뛰어난 화가였고, 힘든 결혼 생활을 하며 세 아이를 키운 중년의 어머니였다. 그녀는 카자흐스탄, 세인트피터즈버그, 모스크바에서 여러 해 동안 살았고, 빛을 발하는 중앙아시아 인다운 얼굴로 특히 유명했다. 나는 그녀를 한 번 만난 적 있었다. 다 같이 시내의 작은 극장에 공연을 보러가기로 한 날이었다. 그녀는 내 딸을 자기 딸과 함께 본인 집에 두고 가면 어떻겠냐고 제안했다. 스무 살 넘은 아들이 두 아이를 돌봐줄 거라고 했다. 내가 기억하는 이 가족은 셋 다 유순한 영혼들이었으며 한편 조금은 불안한 영혼들이었다. 화가였던 그녀는 오래지 않아 한 보호 시설에서 지내게 되었다.

어머니는 이 화가가 자신을 위해 그려 준 커다란 그림을 갖고 있었다. 거의 실물에 가까운 크기의 러시아 농부가 부엌 입구를 지배하고 있는 그림이다. 흰색과 푸른색이 섞인 치마를 입고 꽃무늬 스카프를 머리에 두른 채 미소에 가까운 표정을 지으며 푸른색 두 눈으로 감상자를 응시하고 있다. 원근감이 느껴지지 않는 나무 테이블에는 러시아식 수프인 보르시치가 한 그릇 있고 재료가 모두 나와 있다. 비트, 양배추, 당근, 마늘, 월계수 잎, 파, 소금. 캔버스 가장자리는 장식되어 있으며 비트 두 개가 마치 하트를 닮은 모양으로 공중에 떠 있다. 그림이면서 동시에 요리법을 알려 주기도 하는 방식이 무척 맘에 들었다. 그 요리법은 나의 보르시치 요리법과도 똑같았다. 또 그림의 이미지가 이 작은 농가를 강력히 사로잡는 방식이 좋았다. 어머니의 집을 방문하면 동시에 이 그림 속 여성의 집을 방문하는 듯한 느낌을 받는 것이다.

이 화가가 스스로 목숨을 끊은 해, 어머니는 손녀의 대학 등록금에 보탬이 되고자 이 그림을 팔았다. 이 그림을 산 사람은 친절하게도 어머니가 요구한 금액보다 두 배는 더 가치가 있다며 제대로 된 가격을 치러 주었다. 사실 언젠가 이 그림에 내 손에 들어오길 바라는 마음이 있었는지도 모르겠지만 괜찮았다. 지금쯤은 화가의 딸이 스스로 대학에 가고자 할 것이다. 그녀 삶이 어땠을지 상상하기란 어렵다. 아마 그녀 역시 똑같은 방식으로 등록금을 마련하지 않았을까 싶다.

•

극작가

2008년 사망

컴퓨터나 휴대폰을 쓰는 그녀의 모습을 본 사람은 없었다. 그녀는 그런 사람이었다. 머리칼이 곱슬곱슬한 이 대지의 여신은 술 달린 스카프를 두르고 짤랑거리는 장신구를 달고 다니며 인도 여행과 인디언 전통 기우 춤을 열렬히 사랑한, 이야기꾼이자 카타칼리(인도의 전통 무용-옮긴이) 예술가였다. 그녀는 자신의 예술이 불만큼이나 오래된 양식이라며 좋아했다. 하지만 그런 그녀도 내가 인터넷 마법 주문으로 소환하면 바로 불려 나온다. 한 사이트는 그녀가 집필한 희곡 열 편을 쭉 나열해 준다. 그중 오프 브로드웨이 연극 상 1971년 수상작을 본다. "*흑인 두 명과 백인 두 명이* 토

*론회 패널로 참석한다. 각자 미국 인종차별 문제에 관한 네 가지 관점을 대표한다. 그런데 토론의 마무리를 앞두고 극장에서 폭동이 일어난다."* 그리고 여기, 그녀가 등장하는 유튜브 영상을 보라. 그녀가 세상을 떠나던 해, 작곡가 남편과 함께 노래를 부르는 모습이 담겼다. 남편은 기타를 연주하며 아내에게 힘을 북돋아 주려는 듯 미소를 지어 보인다. 이틀 전에 수술을 마치고 쇠약해진 그녀는 껍질만 남은 사람 같다. 가냘프고 음정도 맞지 않는 이 소리는 그녀의 진짜 목소리가 아니다. 그래, 그만두자. 영혼 소환술은 이걸로 충분하다.

그녀가 어떻게 저런 남편을 만나게 되었는지 들어본 적 있나요? 옛날 옛적에, 뉴욕에서 연극 상을 받았던 어느 히피 극작가가 이제 때가 되었다며 결혼하기로 마음먹었어요. 다섯 명의 남자가 후보에 올랐죠. 그녀는 그들을 하나하나 직접 찾아갑니다. 한 사람은 너무 뚱뚱했고, 또 한 사람은 너무 말랐고, 또 한 사람은 너무 부유했고, 또 한 사람은 너무 가난했어요. 그리고 나머지 한 사람, 그는 딱 제격이었습니다. 음악인이었고, 여자들을 사랑하는 남자였고, 블루리지 산맥 인근에서 살고 있었거든요. 두 사람에게는 자식은 없되 열렬한 팬들과 제자들이 있었습니다. 둘은 워크숍을 열었고 음반을 제작했고 공연을 올렸답니다.

대지의 여신이 자궁암에 걸리면 무슨 상황이 벌어질까? 그녀는 동양 의학이든 서양 의학이든 모든 의술을 거부했다. 내가 그녀의 딸이었다면 이런 결정을 두고 엄마와 다투었을지도 모르겠다. 하지만 그런 내 생각은 틀렸을 것이다. 그녀는 이 상황을 합리적으로 견뎌낸 사람들 못지않게 오래 생을 이어갔기 때문이다. 그녀를 좋아하는 사람들이 접어서 집에 매달아 준 흰 종이 새들은 독한 의학적 치료에 버금가는 효능을 발휘했다. 그녀는 자기 침대에 누워, 자기 머리카락을 지킨 채, 자기만의 엔딩을 써 내려갔다. 끝.

•

## 거침없는 물길
## 1962년 매몰

차를 몰고 볼티모어로 진입하는 사람들은 제83번 도로의 일부 구간인 JFX Jones Falls Expressway가 시내 한복판에서 끊겨 사라진다는 사실을 알면 굉장히 놀란다. 북부든 남부든 볼티모어로 진입하면 일단 이너 하버에 툭 내던져진다. 그다음에는 시내 교통체증을 견디며 느릿느릿 전진해야 한다. JFX는 도로가 끊기기 전까지 마치 술 취한 사람처럼 좌우로 이리저리 꺾이며 굽이굽이 시내를 통과한다. 꼭 뚜렷한 이유도 없이 그런 형태를 띤 것처럼 보인다.

하지만 사실 이유는 있다. 이 도로는 존스 폭포 바

로 위에 건설되어 있으며, 현재 내 딸의 고등학교 교사이자 20세기 초기 역사 연구가 레티티아 스토킷에 따르면, 한때 시내를 통과해 만으로 향하는 '거침없는 물길'이 흐르는 자리였다. 1960년대 당시 홍수가 잦고 쓰레기로 채워지는 날이 많았던 지역이기 때문에, 근교 주민들의 빠른 통행을 위해 작고도 세찬 이 물길이 희생되어 도로로 포장된다고 해서 슬퍼한 사람은 별로 없었을 것이다. 그 대안이라면 건물들을 허물고 동네를 가로지르는 방법이었다. 만약 계획대로 도로를 지었다면 지금의 이너 하버는 콘크리트 경사로로 뒤덮였을 것이다. 정말 끔찍한 발상이었다. 당시에는 별것 없어 보였을지도 모른다. 하지만 세월이 흘러 지금이 쇠락한 항구는 볼티모어의 반짝이는 작은 디즈니랜드가 되었다.

한편 '거침없는 물길'이 완전히 굴복당하지 않았다는 정보를 최근에 읽은 한 소설에서 알아냈다. 볼티모어를 배경으로 숨은 폭포에 관해 다룬 소설이었다. 난 즉시 저자에게 이메일을 보냈다. "그게 어디죠?" 그가 답장했다. "고속도로 고가 구간 아래의 버려진 산업 단지 안에서 잡초로 뒤덮인 오솔길을 찾아보세요." 나는 딸과 함께 그 오솔길을 찾아냈는데, 곧장 이어지는 가파른 임시 계단을 내려가느라 딸의 도움을 받아야만 했고 다다른 곳은 금방이라도 무너질 듯한 나무 바닥이었다. 그리고 거기 있었다. 놀랍도록 에메랄드빛인 존스 폭포의 물줄기가 지하 배수로에서 쏟아져 나와 둥글게 뻗은 절벽을 향해 세차게 흘러간다. 그리고 절벽 아래 웅덩이로 요란한 소리를 내며 떨어져 내린다. 벽에 그려진 그래피티가 이 엽서 같은 풍경에 자막을 덧입힌다. "버티는 게 중요해PERSISTENCE IS KEY."

•

## 남부의 신사
## 2012년 사망

그를 처음 만난 건 그의 인생이 송두리째 바뀌고 난 뒤 몇 년이 지난 시점이었다. 그는 술을 끊었고, 커밍아웃을 했으며, 하루아침에 아내를 떠났다. 그날 나는 그의 책 사인회 자리에 관객으로 앉아 있었는데, 순식간에 그를 사랑하게 되었다. 그는 낮고 부드러운 목소리로 조지아 사투리를 썼고 품위 있는 태도와 짓궂은 유머 감각을 보여 주었다. 난 곧장 그에게 다가가 내 인생 이야기를 털어놓기 시작했다. 지체 없이 바로 우리의 우정이 시작되길 간절히 바랐다. 그리고 오래지 않아 그가 주최하는 수많은 모임의 초대 손님 명단에 내 이름이 오르게 되었다. 그는 문 앞에 서서 저녁 식사가 한 시간 45분 후에 준비될 거라고 조지아 사투리로 말했다. 마침내 식사 자리에 앉으면 그는 그날의 음식과 손님들을 축복했다. 그리고 이어지는 마지막 축복의 대상은 언제나 「뉴욕 타임스」였다.

그는 무슨 일이든 제시간에 맞추는 법이 별로 없었고, 물려받은 재산이라도 있는 것처럼 돈을 썼고, 글 쓰는 속도가 느렸으며, 성적 욕망이 강했다. 또 그는 레스토랑에서 늘 특별한 주문을 청할 수 있는 사람이었다. 초콜릿 케이크 한 조각을 다시 전자레인지 앞으로 보내면서 웨이터에게 살짝 녹여 달라고, 조지아 사투리로 말하는 식이었다. 그의 단골 가게들은 그가 오면 바로 얼음물과 얇게 썬 레몬 여덟 조각을 테이블로 가져다줬다. "내가 온 걸 아네요." 그가 설명했다. 아파트에서 저녁을 먹으면 몇 시간은 걸렸다. 그런 날은 그가 나를 차로 데려다줬다. 그의 낡은 보트 같은 차는 붕붕 뜨듯 달리다가 과속 방지 턱을 넘어갈 때면 요란스레 덜커덩거렸다.

그가 자신이 루게릭병에 걸렸다는 사실을 안 즈음, 마침 내 몸도 꽤나 아팠다. C형 간염을 치료하기 위한 1년 여의 과정을 막 시작하려던 참이었다. 처음에는 둘이 같이 불평을 늘어놓는 게 재미있었다. 하지만 그것도 시들해졌다. 오래지 않아 그를 이해할 수 있는 사람은 그의 딸 말고는 없게 되었다. 집 밖으로 나오는 그의 모습을 마지막으로 봤던 그날은 그가 〈록키 호러 픽처 쇼〉를 보러 가자며 나를 불러낸 날이었다. 그는 목 보호대를 하고 의연히 앉아 있었다. 반쯤 벗은 배우들이 그의 눈앞에서 온몸을 흔들며 춤추었다. "공개적인 장소에서는 꼭 옷을 입고 있어야 하는 사람들도 있지." 공연이 끝나고 자리를 뜨면서 그가 한마디했다.

그날 밤, 멀리 주차장을 향해 지루하게 걷는 길에서도 그랬다. 그에게는 매혹적인 면모가 있었다. 기사도적 예의와 삶의 기쁨과 느긋함이 흔치 않은 조합을 이루고 있는 사람이었다. 그의 친구였던 나는 마치 고통 없는 성형 수술을 겪은 기분이었다. 그는 나를 예전보다 조금은 더 아름답고 매력적인 사람으로 만들어 주었다.

•

## 스쿼시 선수
## 2016년 사망

그녀를 처음 만난 건 그녀가 아파트 위층에 사는 이웃과 열렬한 사랑에 빠졌기 때문이다. 그 이웃은 늠름한 미남이었으며 어딜 봐도 게이인 게 분명한 '남부의 신사'였다. 내 받은 편지함에서 그녀가 처음으로 언급된 메일은 그가 보낸 것이었다. (오탈자가 많다. 그는 이미 나빠지고 있었다.) 그는 최근 들어 가장 중요한 파티가 열린 밤에 그녀가 빨간 장미를 가져왔노라고 적었다. 활력 넘치는 두 사람의 만남이라니! 삐거덕거리는 낡은 승강기와 폭신한 덮개로 싼 기다란 의자는 마치 1940년대 칵테일파티로 향하는 듯한 기분이 들게 한다. 그녀의 '살롱'에는 마호가니 식탁 위에 참석자들이 저마다 가져온 에피타이저들이 풍성히 차려져 있었고 데빌드 에그와 통밀빵 위의 훈제 연어도 곁들여졌다. 그리고 아낌없이 술을 제공하는 바가 있었다. 그녀는 마티니를 주로 마셨지만 손님들이야 원하는 대로 술을 고르면 되었다. 벽은 진홍색이었고 그림들로 뒤덮여 있었다.

한때 그녀는 메릴랜드 스쿼시 여자부에서 정상급에 속하는 선수였다. 하지만 이제는 깡마르고 약간 괴짜처럼 느껴지는 나이 든 여인이 되었다. 고관절도 약해졌다. 그런 그녀 곁에 털이 복슬복슬한 개가 한 마리 있었다. 그녀는 어딜 가든 그 개를 데리고 다녔다. 마치 볼티모어가 파리인 것처럼 함께 다녔다. 그리고 1년에 몇 달은 진짜 파리에 가 있었다. 아마 파리에서는 식당이나 극장에 개를 데리고 갔을 때 덜 거부당하지 않았을까 싶다. 개와의 동반 입장이 허락되지 않을 때 그녀는 답했다. "알았어요, 젠장!" 그러곤 티켓을 쓰레기통에 버리고 집으로 갔다.

쾌활하고 자기 욕망을 기꺼이 즐기는 그녀였지만, 그런 그녀에게도 절망의 그늘은 있었다. 그녀는 외롭고 비밀이 많은 사람이었고, 나이 든다는 걸 더없이 끔찍하게 여겼다. 내가 참치 카나페 한 접시를 들고 그녀의 아파트 건물 로비에 도착했던 그날 밤까지도, 난 그녀의 어둠을 온전히 파악하지 못하고 있었다. 현관 벨을 눌러도 아무런 대답이 없었다. 그러다 문에 테이프로 붙어 있는 쪽지를 발견했다. "집 주인은 지금 병원에 입원 중입니다." 몇 달 후, 그녀는 세 번째 자살 시도에 실패했고, 간과 콩팥이 다 망가져 버렸다. 그녀의 후견인이 병원으로 찾아와 그녀를 내보내 달라고 의사들에게 간청했다.

나는 질문하고 싶은 게 많았다. 하지만 질문 대부분의 답은 결코 들을 수 없었을 것이다. 장례식은 그녀의 아파트에서 열린 칵테일파티로 대신했다. 그곳에서 난 그녀가 자신의 개를 보살펴 줄 사람들을 지정하고 유산을 남겼다는 사실을 알게 되었다. 그때 깨달았다. 나는 그녀와 다소 걱정스럽게 닮은 점들이 있었지만, 그래도 그녀보단 훨씬 운이 좋다. 난 운동선수였던 적도 없고, 비밀도 없다. 그리고 나라면 그 개를 두고 떠나는 일만큼은 절대 하지 않았을 것이다.

•

## 그녀의 아들
## 2017년 사망

어느 날, 한 이웃이 총격 사건에 관련된 어떤 모임에 나를 데려갔다. 그곳은 우리 집에서 불과 몇 킬로미터쯤 떨어진 이스트 볼티모어의 어느 구석진 자리였다. 바로 이곳에서 며칠 전, 한 고등학생이 얼굴을 총을 맞았다. 그의 배낭에는 킬러들이 가져갈 만한 것들은 전혀 없었고 다만 여벌 옷 몇 가지뿐이었다. 이제 예순 명 남짓의 사람들이 모였다. 친구와 가족, 이웃, 선생님, 그리고 MOMS, 즉 '살해된 아들딸들의 엄마들Mothers of Murdered Sons and Daughters'의 모임에 소속된 사람들이 그 자리에 함께했다. 볼티모어를 기반으로 활동하는 MOMS는 누구에게나 열려 있다. 당신의 아이를 살해한 사람이 경찰이든, 마약 판매상이든, 범죄 조직원이든, 인종차별주의자이든 상관없이 누구나 동참할 수 있다.

사람들은 흰 양초 몇 박스와 포일 풍선들을 가져왔다. 벽돌 벽에 테이프로 사진들을 붙였고 보도 위에 조그만 향초들을 올려 두었다. 그리고 그의 엄마가 도착했다. 코끝이 살짝 들려 있고 길고 구불구불한 머리칼은 금발로 부분 염색한 젊은 여자였다. 사람들이 그녀에게 마이크를 건넸다. 그녀가 이야기를 시작했다. “지난 목요일, 여느 때와 다름없는 하루가 시작되었습니다.” 그녀는 아들에게 그가 맡은 집안일을 하도록 일렀고, 직장에 늦지 않도록 서둘렀고, 아들에게 온 전화 한 통을 놓쳤고, 그리고 결국, 어느새 병원 응급실 안이었고, 사람들이 자길 대하는 태도를 보며 아들이 죽었으리란 걸 알았다.

그녀는 열일곱 살이었다고 했다. 아들을 임신한 채로 자신의 졸업식에 참석해 연단을 가로질러 걸어갔던 그때의 나이가. 엄마와 아들은 함께 성장했다. 아들은 스스로 잠시 학교를 그만둔 적이 있었다. 동년배 아이들의 죽음을 겪으며, 미래에 대한 막연한 비관에 휩싸여 견딜 수 없어졌던 것이다. 하지만 결국 아들은 돌아왔고, 올해 6월에 학교를 졸업할 참이었다. 엄마와 아들은 함께 지역 전문대학에 진학할 계획을 짰다. 그녀는 말했다. "하느님, 이게 진정 당신의 뜻인가요? 제가 아들을 위해 분투했던 지난 세월은요? 아들에게 이 거리를 돌아다니지 말라고 일렀던 모든 순간들은요? 그 아이를 사랑했던 모든 사람들은 어떡하나요?" 여기 모인 자리에서 백인은 나를 데려온 이웃과 나 둘뿐이었다. 그러나 내 얼굴을 타고 눈물이 흐르기 시작하자 한 젊고 키 큰 남자가 한 팔로 날 감싸주었다.

몇 달 뒤, 엄마는 아들의 졸업식에 참석했고 아들에게는 명예 졸업장이 주어졌다. 「볼티모어 선」에 따르면 이 아이는 이 고등학교에서 이번 학기 중에 살해된 다섯 명의 학생들 중 네 번째 희생자였다고 한다. 졸업식장에서 한 교사가 졸업생들을 향해 강한 어조로 외쳤다. "볼티모어의 경계 너머를 바라보십시오." 그들의 엄마들은 생각할 거다. 대체 어디를?

•

## 그의 형
## 1998년 사망

프레디 그레이와 나는 한 다리만 건너면 이어질 사이였다. 친구들 사이에서 페퍼라고 불리던, 또 가끔은 프레디 블랙이라고 불리던 사람. 그러니까 나는 그를 조금 알았던 내 제자로부터 이야기를 들었다. 제자와 프레디 사이의 연결 고리는 고저스라고 불리던 후드 호퍼hood-hopper였다. 후드 호퍼는 여러분도 알다시피 동네 어디서나 볼 수 있는, 광대를 자처하는 사람이다. 내가 후드 호퍼나 볼티모어 흑인 소년들의 생활에 관해 알고 있다면 그건 지금은 여러 권의 책을 출간한 저자가 된 이 젊은 작가를 통해서이다. 그의 경력은 2015년 폭동이 일어났던 주에 시작되었다. 당시 그는

「뉴욕 타임스」에 칼럼을 기고했다. 그것은 프레디 그레이가 죽었던 그날도 마찬가지였듯, 경찰에 의해 구타당한다는 것이 그의 어린 시절 일상의 한 부분이었음을 설명하는 칼럼이었다. 농구를 하다가도. 걸어서 학교를 가다가도. 그게 언제든.

이 젊은 작가를 키운 건 거의 자기 형이었다. 형은 기세등등하고 인기 높은 마약 거래상이었으며 자기 남동생을 필사적으로 보호했다. 형은 동생이 열다섯 되던 해에 아버지의 집에서 그를 데리고 나왔고, 길거리에 두는 일 없이 학교에 머물게 하려고 안간힘을 썼다. 정작 형 본인은 교육을 다 받지 못했지만 그래도 독서에 열정적인 사람이었다. 둘이 사는 집은 책들로 가득 차 있었다. 그리고 농구공들과 운동화 상자들도. 3년 후, 둘은 슬램덩크에 성공한다. 동생이 조지타운 대학 입학에 성공한 것이다! 곧 대학생이 될 동생은 함께 축하하기 위해 합격 증서를 들고 어머니가 사는 집으로 갔다. 형에게는 메시지를 남겼다. 그런데 문을 두드리는 소리가 났다. 소식을 전하러 온 사람은 숨을 헉헉대고 있었다. 동생은 계단을 뛰어 내려가 보도를 걷는 사람들을 밀치며 나아갔다.

맨 처음 눈에 들어온 것은 형의 찰스 바클리 운동화였다. 여전히 완벽하고 여전히 하얗게 빛나는 운동화. 두 다리는 축 늘어져 있었다. 동생은 시신 위로 달려들었다. 잠시 뒤에 경찰이 도착했다. 경찰은 동생을 끌어내더니 수갑을 채우고 경찰차에 밀어 넣었다. 그리고 몇 시간 동안 그를 심문했다. 이것이 볼티모어 서부식의 애도 상담이었다.

그로부터 17년 뒤, 볼티모어 경찰은 프레디 그레이라는 남자를 살해했다. 가끔 나는 프레디 그레이가 현재 자신이 어떤 존재가 되었는지, 사후에 선택된 이 기이한 운명을 알게 된다면 어떻게 생각할지 궁금하다. 그의 죽음은 비상식적이었다. 그리고 어쩌면 무의미할 수도 있었다. 그러나 그의 죽음은 오히려 역사가 되었다. 따라서 나는 제자와 그의 형을 통해서, 후드 호퍼인 고저스를 통해서, 기도라는 이름 말고는 달리 표현할 길이 없는 그 마음을 그에게 전한다.

•

## 할머니 사령관
## 2013년 사망

우리 가족이 볼티모어로 이사하던 날, 당시 아홉 살이었던 딸이 길 건너편에서 한 소녀를 만났다. 그리고 그 둘은 그때부터 지금까지 늘 붙어 다닌다. 이제는 다 커서 다 큰 아이들의 놀이를 한다. 둘은 아마 평생의 친구로 이어지지 않을까 싶다. 두 가족이 다 같이 만났을 때는 꼬마 이웃의 형제자매 한 무리와 인상적인 노부인 한 분도 함께했다. 아이들의 할머니인 그녀는 키가 컸다. 그리고 머리칼이 소금과 후추가 섞인 듯 희끗희끗했지만 그래도 후추 쪽이 많이 남은 편이었다. 자홍색 립스틱은 급히 바르고 나올지언정 빼먹는 일이 없었다. 성미가 급하고 무뚝뚝한 편이었으며 아이들에게 엄격한 규칙을 내세웠다. 여름이면 매일 아이들을 데리고 인근 수영장에 갔다. 가끔씩 그녀와 난 출입구 바깥에 놓인 벤치에 앉아 함께 담배를 피우곤 했다. 보통은 그녀가 북클럽에서 읽고 있다는 소설에 관한 의견을 나눴다. 그녀는 이 북클럽에 40년째 참석 중이라고 했다. 우리가 그렇게 앉아 있다 보면 꼬마가 다가와 누군가 반칙했다거나 누군가 사라졌다고 보고했다. 그럴 때면 패튼 사령관은 바로 행동에 나섰다. 아이들 여섯 명을 낳아 기른 그녀는 결단력 있게 대응하고 엄하게 처벌하는 방식이 옳다고 굳게 믿는 사람이었다.

그녀는 사람들이 그녀 같은 사람에게 기대하는 싸움을 마치고 난 후, 여든한 살의 나이에 암으로 세상을 떠났다. 그해 여름, 사령관을 잃은 군사들은 맥없이 수영장 주위에 둘러앉았다. 그리고 난 「볼티모어 선」에 실린 그녀의 부고 기사를 읽고 나서야, 나와 나란히 벤치에 앉았던 그녀가 어떤 사람이었는지 제대로 알게 되었다. 기사에 따르면 그녀는 1950년대에 대학을 졸업하고 히치하이킹하면서 미국과 유럽을 돌아다녔다. 그리고 코네티컷에서 리포터로 일하다가 그곳에서 또 다른 리포터와 사랑에 빠졌다. 결혼 생활 초기 두 사람은 뉴욕 우드스톡에서 인쇄소를 운영했다. 그러다 볼티모어로 이사하면서 홉킨스에서 일자리를 얻었다. 충실한 진보주의자로서 민주당과 지역 학교, 여러 진보적 명분들을 위해 자발적으로 일하던 그녀는 시골의 삶과 소박한 가치에 깊이 빠져들었다. 그래서 아이들이 독립해서 집을 나간 뒤, 그녀와 남편은 뉴 햄프셔에 있는 시골 상점 하나를 매매했다. 그녀 삶의 세 번째 막, 혹은 다섯 번째 막은 남편이 세상을 떠난 뒤에 시작되었다. 손주들을 돌보러 볼티모어로 돌아온 것이다. 그녀는 집에 하숙생을 들였고, 북클럽에 다시 합류했으며, 정원을 가꿨다.

이제는 내 모습을 머릿속으로 그려 본다. 제프리 유제니디스나 앤 패칫(미국의 소설가들-옮긴이)에 관해 떠드는 내 모습, 본인이 재미있는 이야기를 가진 사람이라고 생각하는 내 모습.

•

## 롤 모델
## 2013년 사망

난 모퉁이에 서 있어, 여행 가방을 손에 든 채
히치하이킹으로 USA를 가로질렀지
혈관에 바늘을 꽂았지
그럼 상황이 완전히 달라졌지

(순서대로 루 리드의 스위트 제인Sweet Jane, 워크 온 더 와일드 사이드Walk on the Wild Side, 헤로인Heroin, 시티 라이트City Lights 가사 일부-옮긴이)

내게 그의 노래들은 순수한 영감을 주는 존재였다. 이 신조를 받들어 남자 친구와 나는 16밀리 흑백영화를 찍으며 '워크 온 더 와일드 사이드'를 배경음악으로 썼다. 이 영화에는 테니스 경기가 등장하고 주인공은 공을 칠 때마다 남자에서 여자로 바뀐다. 나는 모든 프레임의 공 하나하나를 노란색으로 손수 칠했다. 영화가 상영되자 공은 마치 악마의 손에 들어간 듯 이리저리 흔들리고 튀어 올랐다. 우리의 의도는 명확했다. 남자가 여자로 바뀌듯 공이 자몽으로 바뀌기도 한다는 것. 1980년대의 나와 내 친구들은 '헤로인'을 따라 부르며 돌려쓰는 주사기를 물로 슬쩍 씻어서 다시 옆 사람에게 건넸다.

1977년, 몇몇 작가들이 모인 행사에 참석한 나는 로비에 선 채 앨런 긴즈버그(미국의 시인-옮긴이)가 간염으로 죽었다는 소식을 들었다. 나 역시 같은 바이러스에 감염되었으며 그게 3년쯤 되었다는 사실은 이미 알고 있었다. 내게는 실험실 보고서에 기록된 숫자 그 이상은 아무것도 아닌 일이었다. 긴즈버그의 죽음이 불멸에 대한 나의 의식에 균열을 내진 못했을지 모른다. 그러나 어쨌든 나는 중요한 지점을 깨달아 가기 시작했다. 예술과 혁명에 관한 거창한 생각들이 얼마나 쉽게 자기 파괴라는 어리석은 로맨스에 물드는지. 2011년, 나는 갑자기 아프고 몸이 약해져 소파에서 일어나

딸을 학교에 데려다줄 기력이 없었다. 2012년, 치료를 받기 시작했다. 이제까지 쉽지 않았고 속도도 더뎠지만 그래도 효과는 있었다. 그렇게 내가 건강을 회복하는 동안, 루 리드가 세상을 떠났고 그렉 올맨(올맨 브라더스 밴드의 일원-옮긴이)과 데이빗 보위도 뒤를 따랐다. 켄 키지와 짐 캐럴(미국의 소설가들-옮긴이)은 몇 년 전에 이미 떠났다. 키스 리처즈와 스티븐 타일러(미국의 록 가수들-옮긴이), 그리고 나는 아직 살아 있다.

루 리드가 죽고 난 뒤 그의 아내 로리 앤더슨은 남편에 대한 글을 「롤링 스톤스」에 실었다. "*얼마나 이상하고도 흥분되며 경이로운 일인지 모르겠다. 언어와 음악과 현실의 삶을 통해 우리가 서로를 그토록 변화시킬 수 있다니, 서로를 그토록 사랑할 수 있다니.*" 그렇다. 두 사람은 정말이지 아름다운 커플이었다. 너무나 안타깝게도 우리 중 일부는 굳이 잘못된 생각을 택하려 했다.

세상의 모든 밴드가 '스위트 제인'를 다시 불러야 한다. 이건 내 노래다.

•

재능

2015년 사망

"친애하는 엘라, 레슬리가 지난밤에 죽었어요. 안타까운 일이 갑작스럽게 벌어졌고 점점 상태가 나빠지다가 결국 떠났어요. 이 일은 일주일 전에 시작되었어요. 내가 어항을 청소하고 있었는데, 레슬리가 뜰채 밖으로 뛰쳐나왔죠. 좀 더 조심했어야 했는데! 그때 레슬리가 지느러미를 다쳤는데, 그 자리에 감염이 생긴 것 같아요. 며칠이 지나자 퉁퉁 부어오르더니 매끈했던 금빛 몸통이 흉한 빨간 반점으로 덮였어요. 지난밤 밖에서 저녁을 먹고 집에 돌아온 우리는 몸이 뒤집어진 채 수면에 떠 있는 레슬리를 발견했어요. 미동도 없고 핏기도 사라져 있었죠. 그런데 레슬리가 날 보더니 몸

*을 일으켜 흔들어 보려 했어요."*

레슬리 노프는 원래 프레첼이란 이름으로 살다가 파양된 금붕어였다. 대학 입학을 앞둔 이웃이 우리에게 맡기고 떠났다. 우리는 금붕어의 이름을 새로 지어 주고 짐작되는 성별도 다르게 정해 봤으며 에펠탑을 하나 사다 줬다. 그러면서 우리는 레슬리가 얼마나 특별한 금붕어인지 새삼 실감했다. 레슬리는 손님이 어항으로 다가온다는 걸 알아채는 순간 바로 헤엄쳐 올랐다가 꼬리를 흔들었고 매력적이고 앙증맞은 캉캉 춤을 췄다. 손님은 반투명한 복숭앗빛 꼬리지느러미와 등지느러미를 뽐내며 이리저리 헤엄치는 레슬리의 모습에 눈에 떼지 못하고 진솔하고 다정한 눈빛을 보냈다. 레슬리는 반복되는 이 의식을 전혀 지겨워하지 않는 것 같았고 나 역시 그랬다.

금붕어는 알맞은 환경이 주어진다면 50년 넘게 살 수 있다는 사실을 안 나는 레슬리를 데리고 함께 요양원에 들어갈 그날을 꿈꿨다. 작은 어항만으론 레슬리에게 턱없이 부족하다는 걸 알았다. 이제 여과기와 특수 조명이 달린 제대로 된 수조로 옮겨 주기로 마음먹었다. 그런데 이 시점에 믿을 수 없게도 뜻밖의 일이 벌어졌다. 내가 레슬리를 죽인 것이다. 달리 설명할 수도 없다. 그날 밤이 마지막이 되리란 걸 알 수 있었다. 어항을 안고 가만가만 달래듯 중얼거렸다. 두 번쯤 레슬리가 죽었다고 생각하며 물 밖으로 꺼냈는데, 레슬리는 내 손안에서 다시 살아나 꿈틀거렸다. 나는 레슬리가 혼자 떠나도록 두고서 집 안의 불을 끄고 잠자리에 들어야만 했다. 얼마나 안타까운 일이었는지. 그렇지만 레슬리, 얼마나 멋진 물고기였는지!

•

프렌치 호른 연주자

2014년 사망

볼티모어가 세계 클래식 음악의 중심지라고 생각하는 사람은 별로 없겠지만, 사실 이 도시는 훌륭한 교향악단과 여러 소규모 앙상블 및 오케스트라의 본거지이며 잘 알려진 한 음악원이 이들을 뒷받침하고 있다. 지난 150년 동안 피바디 음악원은 젊은 음악인들을 이곳으로 끌어들였다. 음악인들은 이 도시가 어떤 곳인지 들은 바가 거의 없었지만 결국 나중에는 편안히 머물 수 있는 곳임을 깨닫는다. 이것이 두 곱슬머리 형제, 사우스캐롤라이나 출신의 프렌치 호른 연주자들이 볼티모어까지 와서 스케이트보드 공원이 내다보이는 아파트에서 함께 살게 된 배경이다. 형제 중 동생은 빛나고 자유로운 영혼이었다. 그는 나중에 내 아들과 친구가 되었다. 두 사람은 음악을 사랑한다는 점 말고도 공통점이 더 있었다. 둘 다 집에서는 동생이었는데, 둘 사이에서는 한 살 더 많았던 내 아들이 형인 듯 굴었다. 아들은 이 젊은 프렌치 호른 연주자를 따뜻이 보살폈다. 둘은 여러 날을 길고 긴 밤이 새벽이 되도록 아파트 베란다에 앉아 즐거운 시간을 보냈다. 마치 과장된 이야기를 떠들고 거창한 계획을 세우는 늙은 농부들처럼.

그런데 어느 날 그 친구가 아팠다. 목에 심한 염증이 생겨 편도선 절제술을 받아야 했다. 요즘은 당일에 수술하고 바로 퇴원한다. 45분 동안 마취 상태로 시술받고 몇 시간 동안 경과를 지켜본 뒤에 항생제와 진통제를 처방받고 퇴원하면 된다. 나는 이 얘기를 듣고 놀랐다. 병원에서 라임맛 젤리를 먹으며 며칠을 보내야 했던 1965년이 떠올랐기 때문이다. 그리고 그다음에 무슨 일이 생겼는지는 내가 이야기할 수가 없다. 그저 우리가 아는 건 형이 퇴근하고 집에 돌아와서 보니 동생이 방에 누운 채 죽어 있었다는 것뿐이다. 어떻게 그럴 수가 있을까? 그를 사랑했던 내 아들을 포함한 모든 사람들이 왜 그날 함께해 주지 못했나 생각했다. 아주 쉬운 일이었는데. 기꺼이 했을 일이었는데.

그는 메릴랜드 주 프레더릭의 캐탁틴 산 아래에 묻혔다. 공연 의상을 갖춰 입은 젊은 프렌치 호른 사중주단이 말러의 레퀴엠을 연주했다. 그리고 뒤이어 그의 형이 호른 독주곡으로 편곡된 '유 아 마이 선샤인You Are My Sunshine'을 연주했다. 음표들이 하늘 높이 올라갔다. 태양, 가장 오래된 예술의 수호자가 그 음악을 듣기 위해 구름 뒤에서 나왔다.

•

## 커다란 남자
## 2016년 사망

운명은 게임을 참 좋아하지. 내 아들이 기타 센터(미국의 악기 유통업체-옮긴이)에서 불만족스럽게 아주 잠깐 일했던 시간이 그런 미래로 이어지는 비밀스런 통로가 되었던 것처럼 말이다. 어느 날 오후, 가게 안으로 한 수줍은 거인이 들어온다. 키가 205센티미터에 달하는 그는 필라델피아 필리스 모자를 쓰고 있다. 마이크 몇 개를 중고 거래하러 온 참이다. 구석에 있던 아들이 냅다 뛰쳐나와 이 손님을 붙잡는다. 아브라카다브라, 그렇게 우리의 인생이 바뀐다. 그동안 발견되지 않았던 행성처럼 우리의 세계에 진입한 그는 내 아들과 그의 밴드, 친구들, 엄마까지 모두 자기의 궤도 안으로 끌어당겼다. *"내 두 손은 아주 높지, 내 두 손은 아주 커, 어서 나한테 그 마이크를 넘겨줘, 이 좁은 집 구석을 다 흔들어놓을 테니."* 래퍼는 회고록 작가이자 시인이다(래퍼 E-Dubble를 일컬음-옮긴이). 그때까지 난 그리 되지 못했지만 이미 전 세계의 열다섯 살 남자아이들은 인터넷 가사 페이지에 주석을 달고 있었다.

그는 강인한 직업 정신과 올림픽 정신을 갖춘 사람이었다. 지옥에서 온 약 상자를 가진 예술적 광인이었다. 생체 시계가 망가져 주유소에서 산 샌드위치로 아침을 먹는 날들을 지속했다. 그에겐 여러 날을 읊을 시와 몇 주는 이어갈 이야기, 절망에 대항하는 매력이 있었다. 리셋 버튼, 그레이 스케일, 두 가지 톤의 반항아, 비밀스런 검정색 페이즐리(E-Dubble의 가사에 등장하는 표현-옮긴이) *"미스터 선샤인, 미스터 레인스톰, 회의실에서 나랑 만나, 우리 브레인스토밍 해야지."* 그가 죽고 난 뒤에 난 아들에게 이 은유들을 이해했는지 물었다. 아들은 잠시 조용히 생각에 잠겼다. 그리고 우리는 맥주를 땄다.

그는 무슨 일이 일어났는지 알기 위해 응급실로 향

하기 직전, 부은 손 사진을 트위터에 올렸다. 그게 결국은 마지막 인사가 되었다. 마치 동화 속 거인처럼, 그는 작디작은 상대에게 당해 쓰러졌다. 혈액 내에 침범한 악당, 미생물에게. 우리는 꽃을 보냈지만 그의 가족들, 마치 길 잃은 우주 비행사처럼 우주로 굴러떨어진 그들만이 그 꽃을 보았다. "*내세에는 여전히 윌리스가 있어. 음악은 계속 살아남아 사라지지 않아, 반감기가 없지.*" 왜 이에 관한 노래가 그토록 많을까? 그가 사랑한 금빛 강아지(리트리버와 그레이하운드와 뮤즈의 피가 섞인)까지도 그의 목소리를 듣고 또 들으며, 그리 믿고 싶어 한다.

•

## 부교수
## 2012년 사망

대학교에 있을 때 나의 상사는 나와 동갑이었고 호리호리한 몸매에 우쿨렐레를 즐겨 연주하는 시인이었으며 엉뚱한 사고방식과 강철 같은 면모가 독특하게 조화를 이룬 사람이었다. 우리가 10년 전에 만났을 때만 해도 둘 다 어머니들이 이 세상에 머물고 계셨다. 그리고 그녀가 본인 어머니의 폐암 소식을 알렸을 때는 내 어머니가 같은 병으로 세상을 떠난 지 4년째 되던 해였다. 사실 그녀는 내게 이 소식을 알릴까 말까 고민했었고, 그 고민은 옳았다. 난 울음을 터뜨렸다. 너무 비슷한 상황이라 그랬던 건 아니다. 두 분이 우리의 어머니이기 때문에, 그 어머니들이 떠나고 없기 때문이었다. 천천히, 그러다 갑자기, 그러다 완전히.

그녀의 어머니가 돌아가시고 몇 년 뒤의 일이다. 그녀는 학교 프로그램을 의논하러 온 한 젊은 여성을 맞이하기 위해 사무실을 나섰다. 그런데 갑자기 걸음을 멈췄다. 방문한 손님의 얼굴은 이미 뭔가 굉장히 실망한 듯한 얼굴이었고 따라온 어린 딸은 전혀 행복해 보이지 않았다. 그녀는 다시 복도를 따라 걸어 화장실로 들어갔고 그곳에서 마음을 추슬렀다. 세면대 위의 커다란 거울을 들여다보자 어머니가 그곳에 있었다. 부모를 잃은 사람이라면 아마 그 느낌을 알 것이다. 그들의 존재를 물리적으로 느끼는 것, 분리된 실체나 유령이 아니라 내 피부 아래에 일종의 층을 이룬 느낌. 얼굴 근육이든 어깨든 손이든 그 아래에 존재하는 것. 부모를 막 잃고 힘들었던 시절에는 생각지도 못했던, 시간이 흐르면서 얻은 위안과도 같은 것.

그녀의 어머니는 평생 볼티모어 내의 학교에서 일했다. 처음에는 유치원 아이들과 1학년생들을 가르치다가 나중에는 틈틈이 공부해 박사 학위를 따고 유아교육의 최고봉에 올랐다. 그전에 볼티모어에서는 유치원(사회 정의의 진정한 기초!)이 필수였다. 이때 어머니가 해야 할 업무 중 하나가 부모, 교장, 교사 등 저마다 불만 사항을 안고 찾아온 사람들을 만나는 일이었다. 그런데 막상 화사한 붉은색 정장을 입고 얼굴 가득 미소를 지은 채 복도를 걸어오는 여성을 마주한 그들은 어리둥절해했다. 어머니는 기분 좋게 사람들을 만났고 그들의 우려에 귀를 기울이는 분이었다.

그날 나의 상사는 어머니와 동행한 채, 화장실 밖으로 나왔다. 그리고 곧장 방문한 손님들에게 향했다. 그녀가 손님들에게 무슨 말을 건넸을까? 그녀는 알지도 못한다. 가끔은 그저 내 안의 그분들이 나를 대신하도록 두어야 하는 순간이 있다.

•

## 아주 조그맣던 아기
## 2010년 사망

"난 그냥 이번 주가 달력에서 지워졌으면 좋겠어." 전화기 너머 사촌은 말했다. 사촌의 아기가 너무 일찍 세상에 태어났던 그날로부터 8년이 흘렀다. 몸무게 900그램이었던 아기는 두 달을 살다가 감염되고, 혈전이 생기고, 뇌졸중을 일으켰다. 그러다 결국 떠났다.

여자가 아기를 잃으면, 저마다 다른 방식으로 나아간다. 누군가는 이 기억을 가까이 붙잡아 두고, 그 빈자리를 영원히 따스하게 지킨다. 또 다른 누군가는 이 기억을 멀리 밀어내고 그 마음의 구멍을 다른 것들로 채운다. 내가 후자라면, 사촌은 전자였다. "하루도 안

지난 것 같아." 사촌은 말했다. "단 하루도."

사촌은 렘브란트 그림 속의 소녀를 닮았다. 매끄럽고 흰 피부, 분홍빛 뺨, 나선형으로 돌돌 말린 치렁치렁한 금발. 그녀는 필요 이상으로 가혹한 진단을 여럿 받아야 했다. 난독증, 당뇨, 신체장애, 소화기 질환. 그녀에겐 따르기가 쉽지 않은 일정과 관리 체계, 규칙 등이 주어져 있다. 따르지 않았다가는 엄청난 문제를 일으킨다. 그녀가 스물네 살에 갑자기 임신했을 때, 모든 사람들이 이 임신 상태를 유지하는 게 불가능하다는 데 동의했다. 그녀만 빼고.

사촌은 32주간 임신을 유지했고 그러다 상황이 잘못 돌아가기 시작했다. 결국 그녀 본인의 목숨을 살리기 위해 수술대에 올라가 응급 제왕절개 수술을 받았다. 아기는 급히 신생아 집중 치료실로 옮겨졌다. 결국 아기의 유일한 집이 되어 버린 곳이었다. 자기 딸의 생명을 유지해 주는 장치를 끈다는 게 얼마나 힘든 일인지 상상조차 어렵다. 비록 아이가 콜라 캔만 하다고 해도, 뇌사 상태라고 해도 말이다.

"내일이 딸 생일이야." 사촌이 말한다. "여덟 살이네." 우리는 해마다 아이의 무덤을 찾아간다.

•

## 그 남자의 개
## 2016년 사망

옛날 옛적에 한 여자가 개를 기르고 싶어 했다. 그러나 남편은 안 된다고 했다. 개는 말썽을 너무 많이 일으킨다고. "걱정거리는 지금도 충분해." 그러다 어떤 친구들이 세쌍둥이를 낳았고, 누군가는 그들이 키우던 검정개 랩을 데려가야만 했다. 랩은 알고 보니 나무랄 데 없이 잘 훈련된 개였다. 목줄도 필요 없었고 짖지도 않았으며 낑낑거리는 일도 없었다. 어린 아이들이 자기 입에 손을 넣거나 등에 올라타도 내버려 뒀다. 하지만 잘 훈련된 랩이 가끔 밤중에 멀리 뛰쳐나가곤 했고 그 때문에 남편은 불안해서 견딜 수 없었다. 그러자 아내는 개 한 마리를 더 키우자고 했고, 남편은 절대 안

된다고 했다.

그러다 어느 날 남편의 형이 하누카 기념으로 강아지를 데려왔다. 생후 8주 된 강아지는 복슬복슬한 흰 털 뭉치 같았고 두 귀에는 분홍색 리본을 달고 있었다. 강아지는 오자마자 랩을 따라다니기 시작했다. 랩의 검고 긴 꼬리를 계속 쫓아다녔다. 한 번 꼬리에 맞으면 저 구석으로 슝 날아갔다. 그러면 냉큼 돌아와 더 해 달라고 했다. 거기다 대고 누가 안 된다고 할까?

몇 년이 흘렀다. 큰 개는 세상을 떠났고, 딸들은 다 커서 멀리 떠났고, 아내도 바빠졌다. 아내는 미니어처 푸들 강아지에게는 랩에게 대했던 것만큼은 열정적이지 못했다. 남편은 감정이 풍부한 사람이었기에, 강아지가 제자리를 잃은 것 같다고 느꼈다. 그는 자기 작업실에 강아지를 데리고 가서 종일 함께 지냈다. 강아지는 작업도 요리도 그와 함께하는 조수, 언제나 그의 곁에 머무는 동료가 되었다. 그가 강아지에게 너무 집착하고 있다고 생각하는 사람들이 있었을지도 모르겠다. 강아지가 나이가 들고 점점 약해지자 그의 걱정은 자꾸만 더 늘어갔다. 그러다 강아지가 열세 살이 되자 심장에 심각한 문제가 생겼고 기저귀를 차야만 했다. 아내는 이제는 강아지를 쉬게 해야 할 때라고 말했다. 하지만 남편은 그럴 수 없었다.

부부가 유럽으로 향하던 날, 아내는 남편더러 강아지에게 작별 인사를 하라고 했다. 남편은 애써 보았다. 그렇게 부부는 비행기를 타고 암스테르담으로 갔고, 착륙하자마자 하우스시터로부터 문자를 받았다. 그는 공항에서 내게 전화를 걸었다. "이제 뭘 어떻게 해야 하지." 그는 말했다. 그리고 울음을 터뜨렸다.

이게 바로 그가 개를 원치 않았던 이유였다.

•

## 약탈자
## 2017년 나로부터의 사망

이혼 뒤, 데이트 주선 사이트들에 환멸을 느낀 나는 크레이그리스트(미국의 온라인 벼룩시장-옮긴이)로 관심을 옮겨 갔다. 그리고 그곳에서 매우 흥미로운 게시물을 발견했다. 최근에 이혼했다는, 꽤 잘생긴 남자가 해변을 달리는 모습이 담긴 사진이 올라와 있었다. 138통의 이메일이 오고 간 뒤, 나는 이 남자를 만나기 위해 아나폴리스로 차를 몰고 갔다. 그는 세일보트에서 산다고 했다. 그날, 공원 벤치에서 사춘기 같은 길고 긴 키스를 나눈 뒤로 나는 그에게 집착했다. 안타깝게도 그 탓에 그는 나에게서 완전히 떠나갔다.

그와 관련된 기억은 모두 잊었다. 잊지 못한 것만 빼고. 매년 10월 3일, 그와 키스했던 그날이면 난 그를 떠올리곤 했다. 그러다 몇 년간 안부 편지를 보냈다. 2016년, 그가 다시 만나자고 제안했고 우리 둘은 아나폴리스로 되돌아왔다. 차고에서 같이 잤던 그 도시로. 이번 만남에서 그는 어떤 관계를 기대하고 나온 게 아님을 아주 명확히 했다. 나 역시 마찬가지였다. 어쨌든 그 사람은 아니었다. 이제는 나도 그가 얼마나 바람둥이인지 잘 알기에 충분히 거리를 두고 있었기 때문이다. 별로 신경 쓰지 않았다. 인생에서 이 정도 단계에 이르면 젊었던 시절에 비해 훨씬 덜 욕망에 휘둘리게 된다. 하지만 어쩐지 이런 식으로 벌레에 물린 자국은 그때까지도 많이 간지러웠다.

마침내 우리는 실내에서 만날 계획을 세웠다. 몇 차례 계속 무산되었으나 그래도 나는 때를 기다렸다. 12월 초 어느 날 아침, 딸이 등교하고 30분이 지난 뒤에 그가 우리 집 현관에 나타났다. 천 마리의 나비가 온 집 안을 날아다녔다. 그리고 다시는 그를 만나지 못했다. 몇 번 약속을 잡긴 했지만 결국 취소되었다. 그러다 곧 그는 따로 만나는 사람이 있다고 했다. 나는 그에게 안녕을 고했다.

2017년 9월, 그에게 처음으로 걸려온 전화를 받았다. 그가 말했다. "아내가 당신이랑 이야기하고 싶어 해." 한 여자가 전화를 넘겨받았다. 난 그가 재혼한 사람일까 생각했다. 과연 어느 시간대에 그녀를 끼워 넣어야 할지는 확실히 알 수 없었지만 말이다. 그녀는 자기 남편과 내가 주고받은 573통의 이메일을 다 읽었다고 했다. 그러면서 내게 남편이 헤르페스에 감염됐단 사실을 알려 주고 싶었을 뿐이라고 했다. 아마 남편도 또 다른 여자 친구에게 옮았을 거라고 덧붙이며 이렇게 소리쳤다. "네, 다른 여자가 또 있다네요. 당신도 속은 거예요!" 나는 그 사람이 기혼자인 줄 몰랐다, 미안하다 따위의 말들을 건네고 싶었지만 내가 입을 열기도 전에 그녀는 전화를 끊어 버렸다. 뭐, 사실 그렇게까지 미안하진 않았다.

그는 아마 살아 있긴 할 텐데, 만약 그렇다면 그녀가 좋은 변호사를 얻길 바란다.

•

## 행복한 남자
## 2017년 사망

몇 년 전, 나의 저널리즘 수업을 듣던 한 학생이 인물 소개 과제의 주인공으로 어느 흥미로운 볼티모어 주민을 택했다. 그 인물은 사회 정의를 실현하는 데 열정적인 남자였다. 그런 그가 택한 커리어는 첫 번째 단계가 형법이었고 두 번째는 공중위생, 세 번째는 네팔 마을의 훌륭한 보물과 수호신을 소개하는 일, 네 번째는 드레스 디자이너로 이어졌다. 그는 사십 대 초반에 세계를 돌아다니며 자아 성찰을 위한 안식년을 보냈다. 그리고 이때 생겨난 꿈이 제3세계 사람들이 만든 공예품을 판매하는 가게를 차려서 그 수익금을 생산자 마을의 학교 건립 기금으로 되돌리고 싶다는 것이었다. 1990년대 중반에 그는 자기 꿈을 이뤘다. 예상보다 더욱 성공적이기까지 했다. 핸드메이드 직물로 만든 여성복 라인을 제작한 것이다. 볼티모어 시내에 열린 그의 가게는 좋은 품질의 제품으로 유명해졌고 그뿐 아니라 기운을 북돋아 주는 묘한 힘이 있는 곳이라는 평가도 받았다. 많은 사람들이 그저 기운을 얻기 위해 가게에 들르곤 했다고, 이곳의 점원이 학생 리포터에게 증언했다.

몇 년 후, 볼티모어로 이사한 나는 딸의 초등학교에서 쌍둥이를 보았는데 알고 보니 아이들의 아버지가 바로 이 남자였다. 여름이면 동네 수영장에서 그를 자주 볼 수 있었다. 키가 크고 몸이 호리호리했으며 짙은 곱슬머리와 근사한 비대칭형 코를 가졌던 그는 아침마다 수백 번은 레인을 왕복하는 듯했다. 나는 이런저런 이유로 유독 수영장에 오면 사회적 불안 장애가 최악으로 도졌다. 수영장에 들어가면 곧장 의자로 향하고 책 속에 얼굴을 파묻고는 누구와도 이야기를 나누지 않는다. 그런데 그는 날 둘러싼 퉁명스런 기운에도 개의치 않고 매일같이 내게 인사를 건네는 유일한 사람이었다. 그는 얼굴 가득히 즐거운 미소를 띠는 사람이었다. 그의 따뜻한 갈색 눈과 짙은 눈썹은 마치 우리에겐 웃지 않아야 할 수많은 이유가 있겠지만 그래도 웃자고 말하는 듯했다.

일흔 살이 되었지만 여전히 쉰 살처럼 보였던 그해에 그는 네팔에서 오토바이 사고를 당해 목숨을 잃었다. 외진 곳에서 벌어진 안타까운 사고였다. 혹은 넘치는 활력이 그를 잡아끌었던 탓이었는지도 모르겠다. 우리는 추모식에서 그의 사진들을 엮은 슬라이드 쇼를 보았다. 그런데 브루클린에서 열렸던 성년식 사진부터 이후로도 쭉 살펴본 바, 역시 웃음을 띠지 않는 그의 얼굴은 찾아볼 수가 없었다. 그리고 그를 추모하던 사람들은 다들 가슴이 아프기도 했지만 또 그만큼 미소를 띠지 않고는 그에 관해 이야기할 수 없었다. 그건 그의 아내조차 마찬가지였다. 아내는 말했다. "그가 어떤 일이 벌어지길 바랄지 생각해 보세요. 어떤 상황을 지켜보기 원할지 말이죠."

•

## 베이비 대디
## 2018년 사망

그를 만나기 전에 이미 그에 관한 이야기는 들은 바 있었다. 4학년 딸의 친구의 어머니에게 들은 이야기이다. 그녀는 자기보다 스무 살 많은 남자와 잠깐 데이트했다가 곧 헤어졌다. 그 남자에게는 이미 말썽 많은 자식들도 여럿인 데다 돈이 많이 드는 전부인도 있었다. 그에 반해 여자는 너무 젊었다. 그 후 새로운 사람을 만나고 얼마 지나지 않아 그녀는 자신이 나이 많은 전 애인의 아이를 임신했다는 사실을 알게 되었다. 하지만 놀랍게도 그녀의 새로운 애인은 아이를 그대로 낳아야 한다며 본인이 함께 기르겠다고 나섰다. 내가 딸 친구의 친아버지라고 알고 있었던 사람이 바로 그였다. 베이비 대디Babydaddy, 아이의 생물학적 친아버지는 이 계획을 듣고는 처음엔 안달복달했다. (새 지원금이 나올 것이고 그는 막 은퇴 생활을 시작했기 때문이다) 그러다 마침내는 자기 가족의 마지막 일원이었던 이 아이를 정말 사랑하게 되었다. 수년 동안 아버지와 딸은 일요일마다 만나서 함께 시간을 보냈다.

8학년이 된 아이들은 스페인어 선생님과 함께 페루로 여행을 떠나게 되었고 아이의 부모들도 이 여정에 동참할 수 있었다. 이때 나는 드디어 처음으로 그를 만날 수 있었다. 대체로 조용하고 온화했던 그는 수염이 희끗희끗했고 머리를 전부 뒤로 빗어 넘긴 모습이었다. 온건한 태도와 보수적인 습관을 가진 남자였다. 그런데 알고 보니 그는 사실 두 명의 딸과 이 여행을 함께하고 있었다. 또 다른 딸 하나는 그의 여행 가방 속에 든 유골함으로 동행했다. 첫째 아이였던 딸은 사십대의 나이에 약물 과다복용으로 사망했다. 그의 유골 절반은 리마에 접한 태평양에서 날려 보냈고, 나머지 절반은 마추픽추로 가져갔는데 하마터면 성공 못할 뻔했다. 비가 너무 많이 내려서 예정보다 하루 더 시내에 묶여 있어야 했기 때문이다. 그러다 결국 신들은 마음을 누그러뜨렸다.

키 큰 아버지의 실루엣과 키 작은 딸의 실루엣이 태양의 신전에 올랐다.

마지막으로 그의 소식을 들을 수 있었던 게 딸의 친구가 고등학교 마지막 학년을 다니던 해였다. 그때 나는 그의 추모식에 쓰일 사진들을 구할 수 있는지 묻는 전화를 받았다. 일흔두 살이었던 그는 계단 위에서 쓰러졌고 그대로 굴러 바닥에 떨어졌을 땐 이미 사망한 뒤였다. 그는 술을 마시지 않았고 딱히 아픈 데도 없었다. 사실 육십 대일 때 체육관에서 살다시피 했고 매일같이 은퇴한 동료들과 사우나에서 모였다. 나는 페루에서 찍은 그의 사진 두 장을 찾아냈다. 하나는 과감하게 현지의 발효 옥수수 음료를 마셔 보는 모습이고, 다른 하나는 레스토랑에서 긴 테이블에 딸과 함께 마주 앉은 모습이었다. 주황색 비니를 쓴 딸은 크게 뜬 눈으로 카메라를 쳐다보고 있었고, 옆모습으로 담긴 아버지는 딸을 향해 미소 짓고 있었다.

•

## 무고한 아이들
## 사망연도 1966, 1999, 2007, 2012, 2018…

「피플」 매거진 최신호에서 그 기사는 '제니퍼 애니스톤과 저스틴 서룩스 사이에 무슨 문제가 생겼을까'와 '에이미 슈머의 깜짝 결혼식' 사이에 샌드위치처럼 끼워져 있었다. 두 페이지 펼침 사진으로 촛불 집회의 장면이 실려 있었고 뒤이어 이제는 익숙해진 이야기가 담겼다. 학교 종업식에서 열린 대피 훈련. 총격. 문자 메시지. SWAT 팀. 웅크린 사람들, 얼굴을 가린 사람들, 전화기를 붙들고 울부짖는 사람들. "*지옥이 어떤지는 모르지만 그때 내가 학교에서 본 광경보다 더 끔찍할 순 없을 거예요.*" 사망자 명단에는 그들의 빛나는 얼굴과 짤막한 약력이 곁들여 있다. 어떤 운동을 했다든지, 대학교 장학금을 받았다든지, 해변을 사랑한다든지, 폭죽보다도 환한 미소를 지녔다든지 하는 이야기들. 「피플」을 탓하지는 않을 거다. 이건 뉴스가 맞고, 온갖 것들의 한복판에서 일어나고 있는 사건이다.

대개 내 아이들 중 하나가 처음으로 총격 사건의 소식을 전하곤 한다. "엄마, 콜로라도에서 끔찍한 일이 벌어진 것 같아." 버지니아에서. 라스베이거스에서. 플로리다에서. 컨트리 음악 축제. 초등학교. 대학 캠퍼스. 나이트클럽. 교회. 아미쉬 학교. 유대인 커뮤니티 센터. 이슬람 사원. 영화관. 고등학교.

아이들이 마치 콩가 라인 댄스처럼 앞사람의 어깨에 손을 얹고 주차장을 가로지는 장면이 있다. 각자의 어머니들이 챙겨 준 각양각색의 재킷을 입고 화사하고 말끔한 운동화를 신은 이 아이들의 모습이 내 머릿속을 떠나지 않는다. 아이들은 화재나 핵 공격이 일어나면 어떻게 해야 하는지 훈련하듯이 이제는 대량 살상 사건이 일어나면 어떻게 대처해야 올바른 방법인지 배운다. 책상 아래로 가라. 옷장 안에 들어가라. 창문에서 멀리 떨어져 있어라. 뛰어라. 우리의 대통령은

'더 많은 총기'가 답이라고 내놓았다. 더 많은 노란 폴리스라인 테이프, 더 많은 촛불, 더 많은 헌화. 테디 베어의 주가는 상승하고 있다.

작가 엘리자베스 스톤이 썼듯, 부모가 된다는 건 심장을 몸 밖에 꺼내 놓고 걸어 다니게 하는 일이다. 매 순간 당신이 딱 견딜 수 있을 만큼 두려운 일이다. 하루를 그저 통과하기 위해 외면해야만 하는 것들이 너무나 많다. 이제는 으스스하게 느껴지는 콩가 라인 댄스 줄이 우리의 꿈들 사이로 지나간다. 전화가 울린다. 이것은 우리에게 너무나 과한 요구이다.

•

## 무리의 대장
## 2017년 사망

"좋은 아침입니다, 강아지 세계의 숙녀 분들!" 내 이웃은 5시가 되면 재잘재잘 떠든다. 두 세대가 공유하는 벽의 바로 반대편에서 살고 있는 이웃이다. 그러니 나로선 그때가 마침 저절로 눈이 떠지는 시간이라서 다행이었다. 이웃은 나보다 나이가 많지 않은 상냥한 금발 여자였는데, 개 두 마리와 고양이 한 마리를 데리고 혼자 살았다. 샐리는 보더콜리 혈통이 반쯤 섞인 개였고 자기보다 나이가 어린 친구 케일리보다 약간 더 똑똑했다. 케일리는 셰퍼드 잡종견이었다. 체이스는 같은 동네 이웃집에서 데려온 고양이였다.

이웃은 아침 인사를 한 뒤로는 종일 반려동물들에게 실시간 논평을 늘어놓았다. 대개 공통의 관심사가 담긴 주제로, 예컨대 날씨나 산책 계획, 혹은 똥 먹기 금지령 따위였다. 그런 그녀를 두고 평가하려는 의도에서 이 이야기를 꺼낸 건 아니다. 내가 열세 살짜리 미니어처 닥스훈트와 거의 결혼한 사이마냥 살고 있는 사람이라서 그렇다. 거의 귀가 들리지 않는 개에게 웃기는 이름 열댓 개를 지어 불러 주고 매일같이 맞춤 테마 곡을 세레나데처럼 들려 주면서 말이다.

샐리는 오랫동안 차차 몸이 약해졌고 결국엔 더 이상 서 있을 수 없는 상황에 이르렀다. 이웃은 방문 수의사에게 주사를 들고 와 달라고 연락했다. 그동안 케일리와 체이스는 아들의 집에 가 있도록 했다. 두 친구들이 돌아왔을 때는 샐리의 시신이 라브 포 자동차 뒷좌석에 실린 뒤였고 나중에 SPCA(동물학대방지협회)의 화장터에서 장례식이 열리는 날까지 그곳에 있었다. 내가 이 모든 사실을 알게 된 때는 밖을 나섰다가 이웃이 케일리를 차로 데리고 가서 샐리의 시신을 보여 주던 광경을 마주한 날이었다. 그녀는 케일리더러 샐리에게 작별 인사를 건네게 하고는 함께 집 안으로 들어갔고 다음에는 체이스를 데리고 나왔다. "끝맺음할 시간을 주는 중이에요." 그녀가 설명했다.

그때는 그녀의 행동이 너무 과장된 게 아닌가 생각했다. 하지만 동물들의 슬픔에 관한 책(애도를 표하는 바다거북, 돌고래, 토끼, 말의 이야기)을 읽은 뒤 그녀가 올바르게 행동했음을 깨달았다. 그래도 다행스러운 건 케일리와 체이스에게는 아직 서로가 있었고, 둘 다 사별 이후에 전형적으로 나타나는 증상은 보이지 않았다. 보통 그 증상은 식욕을 잃거나 무기력에 빠진다든지, 평소와 다르게 울부짖는 소리를 낸다든지, 초조하게 서성이거나 밤새 잠 못 이루는 증상 등으로 나타난다. 그러다 케일리가 세상을 떠났고 그로부터 3년이 지나자 그녀는 무리의 대원을 늘리기 시작했다. 이제 그 집에는 고양이 서너 마리가 살고 있는 듯하다. 올해 가을이면 딸이 대학에 들어가면서 집을 떠난다. 그래서 나는 이웃의 도움을 받아 나와 우리 집 닥스훈트와 함께 살아갈 어린 고양이 한 마리를 데려왔다. 안녕, 귀염둥이들아, 좋은 아침이야!

•

## 사돈
2017년 사망

내 첫째 아들은 지금은 아내가 된 에콰도르 출신의 여자 친구를 대학교 때 만났고 그렇게 오랫동안 여자 친구의 부모님에 대해 알고 지냈는데도 결혼식 직전까지도 그녀의 아버지를 만나지 못했다.

내가 그녀의 아버지 사진을 처음 본 건 약혼하던 날이었다. 두 사람의 약혼은 보스턴 전역을 대상으로 섬세하게 꾸며진 보물찾기 형식으로 진행되었다. 결국 마지막에 여자 친구는 반지를 든 채 길거리에 무릎 꿇고 있는 남자 친구를 발견했다. 그녀의 어머니와 나는 이 엄청난 행사에 참가하기 위해 비행기를 타고 날아갔었다. 하지만 그녀의 아버지는 그러지 못했다. 그는 딸에게 공식적으로 결혼을 허락해 달라는 요청을 받았고 승낙했다.

내 아들은 아버지가 제 나이 여섯 살에 세상을 떠났다는 사실을 좀처럼 입에 올리지 않는다. 이 주제를 다룬 내 책들을 떠올려 본다면 좀 재미있는 일이고 또 어쩌면 굉장히 그럴 만한 일이기도 하다. 그런 연유로 내 아들의 장모가 될 분은 약혼 파티에서야 처음으로 아버지 토니의 사진을 보게 되었다. 그런데 당시 사진을 본 그녀는 동그랗게 뜬 눈으로 날 쳐다보더니 자기 휴대폰에 저장된 남편의 오래된 사진을 찾아냈다. 삼십 대 시절의 두 사람은 어쩌면 형제였을지도 모를 일이었다.

이렇게 두 사람이 닮았다는 사실은 내게 마법처럼 느껴졌다. 특히 내 아들이 장인을 얼마나 존경했는지 알았기에 더욱 그랬다. 그는 아들의 분야이기도 한 금융 관련 전문가였다. 또한 완벽한 신사였고, 본인에 관한 이야기를 절대 하지 않는 겸손하면서도 내향적인 사람이었다. 남아메리카 가톨릭 신자의 전통주의와 지적으로 관대하게 열린 태도가 조화를 이루는 남다른 인물이었다. 그의 가족이 미국으로 이주하는 요인이 되었던 자국의 재정 위기 사태 이전에 그의 커리어가 얼마나 화려했는지는 훨씬 나중에야 아들이 알게 되었다.

약혼식이 끝난 직후에 그는 췌장암을 진단받았다. 그는 암을 이겨내려고 굉장히 노력했고 그럴 수 있을 것처럼 보였다. 결혼식이 예정대로 치러질 수 있었던 것도 순전히 그의 의지 덕이었다. 그날 사람들은 그가 아프다는 사실조차 잘 알지 못했을 것이다. 그날 그는 결혼식의 기쁨으로 꽉 채워져서는 입고 있던 맞춤양복이 불룩해진 듯 보였다. 손님들을 환영하는 건배를 들면서 아들에 관해 따뜻하게 이야기했다. 잠시 나는 운명이 우리에게 보상해 주려는 걸까 싶은 느낌을 받았다.

아들은 자기 아버지가 죽고 난 뒤 병원을 두려워하는 마음이 생겼다. 그러나 죽음을 앞둔 장인의 마지막 며칠 동안을 항상 그곳에 머물렀다. 침상 곁에서 스페인어로 이야기 나누는 사람들 사이에 섞여 있는 아들의 모습을 상상해 보는 게 좋았다. 그리고 지금은 장인에게 물려받은 고급 모직 코트를 입고 있는 아들의 모습을 보는 게 좋다. 비록 가슴이 아파오는 순간이기도 하지만 말이다.

•

# 삶

나의 좋은 친구 중 하나는 볼티모어 사람들이라면 누구나 아는 성을 가졌다. 유서 깊은 동네의 어느 주요 도로명과 똑같기 때문이다. 1839년, 친구의 고조할아버지는 이 도시 최초의 공동묘지 건설을 위해 투자했던 사람 중 하나였다. 그린 마운트Green Mount, 빅토리아 시대의 '시골 정원' 양식으로 지은 고전적 묘지에서 비롯된 고전적 이름이었다. 벽돌로 된 아치가 있는 고딕풍의 경비실을 자동차로 통과할 때면, 마치 21세기의 쇠락한 도심에서 과거의 안개 낀 황야로 들어가는 듯 공간뿐 아니라 시간도 여행할 수 있다.

어쩌면 수염 기른 경비원을 연기하는 자레드 레토였는지도 모르겠다. 그는 읽고 있던 에밀 시오랑의 책을 내려놓고 우리가 안으로 들어가도록 승인하고 지도 한 장을 건넸다. 우리는 언젠가 내 친구와 그의 남편이 몸을 누일, '올리버의 산책길을 따라Down Oliver's Walk'라는 장소를 찾았다. 남편의 부모님 곁이며 장군들, 시장들, 주지사들과 가까운 자리이고, 행복하거나 행복하지 않았던 아내들과 선구적 레즈비언들 사이였다. 친구 어머니의 비석 뒷면에는 본인이 청한 대로 총 열 명의 자녀들 이름이 모두 적혔다. 남북전쟁에서 벌어진 어느 전투만큼이나 중요한 성취이다.

겨울이면 그린 마운트는 고요한 잿빛으로 덮인 전경을 펼쳐 보인다. 선명한 빛깔로 그려진 벽화와 그래피티가 드문드문 장식되어 있다. 날이 따뜻한 시기에는 플라타너스, 아카시아, 오크, 단풍나무의 이파리가 무성해지고 홍관조와 까마귀가 날아와 둥지를 짓는다. 종종 새 관찰자들이 매나 올빼미를 목격했다고 하니 아마 나처럼 그들도 이 작은 유토피아 앞에 놀라움을 느꼈을 것이다. 철학자 같던 경비원의 이야기에 따르면 그린 마운트에는 7만 7000명의 사람들이 묻혀 있으며 매년 열 명 정도만이 새로 이곳에 자리한다고 한다. 언젠가 내 친구도 그들 사이에 머물게 될 것이다. 선조들과 같은 고향 땅 아래에, 사랑하는 사람과 함께.

우리 집 거실 한구석의 작은 탁자 위에는 뚜껑 달린 항아리 하나가 대기 중이다. 서로 비슷하게 생긴 항아리 두 점과 얼음 통 틈에 껴 있다. 두 항아리에는 각각 내 첫 남편과 사산된 아들의 유골이 들어 있다. 그리고 원래는 내 어머니에게 세 번째 항아리가 주어질 예정이었다. 그리고 항아리를 주문하는 동안 임시로 은제 얼음 통에 유골을 넣어 두었다. 그 얼음 통은 어머니와 아버지 두 분이 1965년 할리우드 골프 클럽 부부 토너먼트 대회에 나가 우승해서 받은 상이었다. 그런데 의외로 딱 알맞았던 것이다. 아버지의 유골은 보석 보관용 서랍 뒤쪽에 있었는데 1990년대에 도둑이 잘못 알고 훔쳐갔다.

그린 마운트를 찾았던 날에 친구가 말했듯, 나 역시 그들 곁에 합류한대도 거리낌은 없다. 다만 너무 빨리는 말고.

## 참고

**• 시동생**

그의 가족에 관한 더 많은 이야기는 『글렌 록 사람들의 죽음에 관한 책』의 '스케이터The Skater'와 '조용한 남자The Quiet Guy'에 담겨 있다.

**• 후 댓**

안락사에 관해서는 1994년 8월 라디오 프로그램 〈우리가 숙고해야 할 모든 것들〉에서 가장 먼저 언급했으며 『사랑이 먼저 오다』에서 하나의 장으로 발전시켰다. 『우리 위에는 오직 하늘뿐Above Us Only Sky』에는 이 주제를 집중적으로 다룬 에세이 '나의 새 이웃My New Neighborhood'을 실었다.

**• 예술가**

스티브는 『글렌 록 사람들의 죽음에 관한 책』에서 '목수The

Carpenter'로 기록되었다.

• **젊은 헤라클레스 & 유난히 단정했던 사람**

여기서 언급된 소프트웨어 회사는 『글렌 록 사람들의 죽음에 관한 책』의 '민주주의자The Democrat'와 '성공한 청년The Wunderkind'의 무대이기도 하다. '민주주의자'는 회사 상사의 어머니이자 젊은 헤라클레스의 할머니이다.

• **무대 뒤의 여왕**

이 에세이에서 인용한 글은 「옥스퍼드 아메리칸」 2014년 겨울호에 실렸던 마거릿 모저의 '그녀는 몸을 흔드는 사람She's About a Mover'이다.

• **상호의존 관계 전문가**

자살한 친구는 『글렌 록 사람들의 죽음에 관한 책』에서 '인생을 화려하게 즐긴 사람Bon Vivant'으로 기록되었다.

• **남부 출신의 작가**

언급된 책은 루이스 노던의 『울프 휘슬Wolf Whistle』(늑대들의 휘파람. 남자들이 지나가는 여자를 희롱하며 부는 휘파람이라는 뜻-옮긴이)이다. 그가 풍기는 우울감에 대한 비유는 원래 「로스앤젤레스 타임스」에 실린 마이클 해리스의 비평에서 쓰인 표현이다.

• **목장 주인**

그녀의 아들들은 『글렌 록 사람들의 죽음에 관한 책』에서 '텍사스 사람들The Texan'로 기록되었다.

• **늙은 난봉꾼**

그의 세 번째 아내는 『글렌 록 사람들의 죽음에 관한 책』의 '부동산 중개업자'이며 이 글에도 같은 베니스 여행 이야기가 들어갔다. 여기서 인용된 글의 출처는 「텍사스 먼슬리」에 실린 게리 카트라이트의 '캔디Candy'이다.

• **거침없는 물길**

존스 폭포가 매몰되었다는 사실은 그레고리 J. 알렉산더와 폴 켈시 윌리엄스가 쓴 두꺼운 책 『잃어버린 볼티모어Lost Baltimore』를 통해 알았다. 그리고 세르게이 카딘스키의 히든 워터스 블로그Hidden Waters Blog, hiddenwatersblog.wordpress.com에서 더 많은 이야기를 읽을 수 있었다. 숨은 폭포에 관한 이야기는 티미 리드의 소설 『지금 날 죽여줘Kill Me Now』에 등장한다.

• **아주 조그맣던 아기**

내가 잃은 아들에 관한 이야기는 『글렌 록 사람들의 죽음에 관한 책』의 '아기The Baby'에서 다뤘다.

• **무리의 대장**

언급된 책의 제목은 바버라 J. 킹의 『동물들이 슬픔을 느끼는 방식How Animals Grieve』이다.

# 안녕은 단정하게:
볼티모어 부고 에세이

1판 1쇄 인쇄 2020년 11월 23일
1판 1쇄 발행 2020년 11월 30일

**지은이** 매리언 위닉
**옮긴이** 박성혜

**발행인** 김지아
**표지 및 본문디자인** 권빛나

**펴낸곳** 구픽
**출판등록** 2015년 7월 1일 제2015-27호
**주소** 서울시 광진구 동일로 459, 1102호
**전화** 02-491-0121
**팩스** 02-6919-1351
**이메일** guzma@naver.com
**홈페이지** www.gufic.co.kr

ISBN 979-11-87886-57-0 03840